BRUJA Y FAMOSA

UN MISTERIO PARANORMAL DE LAS BRUJAS DE WESTWICK

COLLEEN CROSS

Traducido por

ALICIA BOTELLA JUAN

Bruja y famosa

Un misterio paranormal de las brujas de Westwick

Traducido del original por Alicia Botella

OTRAS OBRAS DE COLLEEN CROSS

Los misterios de las brujas de Westwick

Caza de brujas

La bruja de la suerte

Bruja y famosa

Brujil Navidad

Serie de suspenses y misterios de Katerina Carter, detective privada

Maniobra de evasión

Teoría del Juego

Fórmula Mortal

Greenwash: Un Engaño Verde

Fraude en rojo

Luna azul

No-Ficción:

Anatomía de un esquema Ponzi: Estafas pasadas y presentes

¡Inscríbete su boletín para estar al tanto de sus nuevos lanzamientos!

http://eepurl.com/c0js9v

www.colleencross.com

BRUJA Y FAMOSA

UN MISTERIO PARANORMAL DE LAS BRUJAS DE WESTWICK

Luces, cámara, asesinato...

Empieza el rodaje de una película de Hollywood en el pueblo y la periodista Cendrine West está lista para la primicia. Su familia de brujas también quiere participar, pero las travesuras con las estrellas se convierten pronto en la tragedia de Tinseltown.

Los cuerpos se acumulan más rápido que las maldiciones de un aquelarre y todo apunta a la extravagante familia de Cen. No se detendrán en su búsqueda del mágico estrellato, aunque eso signifique resolver un caso de asesinato.

Las brujas han lanzado un hechizo que ha acabado en desastre y le ha dado al asesino la oportunidad de escapar. Cen recurre a su propia combinación de justicia y magia para mantener a su familia bajo control, pero... ¿podrá desenmascarar al asesino antes de que vuelva a actuar?

¡Bienvenidas al lado salvaje, familia West!

Bruja y famosa es perfecta para fanáticos del misterio paranormal, misterio ligero y brujas mágicamente divertidas.

Este libro puede leerse como un misterio independiente, pero si quieres saber más sobre las brujas de Westwick y su historia familiar, puedes empezar por el primer libro: *Caza de brujas.*

CAPÍTULO 1

Las estrellas de cine pueden ser muy gruñonas y exigentes. Nunca pensé que la tía Amber fuera nada de eso. No solo era una bruja consumada, estaba acostumbrada a abrirse camino como alta ejecutiva de la Asociación Internacional del Arte de la Brujería. La AIAB era su vida.

Y a pesar de ello, mi tía adicta al trabajo había abandonado su carrera por un papel. Nunca había mostrado interés por la actuación, ni siquiera le gustaba el cine, la simple idea de ella actuando en un taquillazo de Hollywood se me hacía absurda.

Pero en menos de una semana había conseguido un papel coprotagonista en *Atraco a mediodía*, la secuela de la exitosa película Hollywood *Atraco a medianoche*. Y había convencido a un célebre productor para que rodara la película aquí, en Westwick Corners. A nuestro pueblo casi fantasma podría venirle bien un impulso económico, pero de ningún modo podía entender porque habían elegido un pueblo venido a menos como el nuestro.

No tenía sentido. O bien la tía Amber tenía importantes contactos en Hollywood o había usado la magia. O ambas cosas. Los detalles brillaban por su ausencia, y no tenía ni idea de quién actuaba junto a la tía Amber, solo sabía que era un pez gordo de Hollywood.

No podía imaginar por qué iba a viajar hasta el este del estado de Washington. Pero una cosa estaba clara: el equipo de la película era realmente de Hollywood, y mientras las cosas fueran bien, la película garantizaba poner el foco de luz de nuevo sobre Westwick Corners. Volverían los turistas con la cartera llena y Westwick Corners recuperaría su bienestar financiero.

Toda la información me había llegado de segunda mano por parte de mamá, ya que aún no había visto a la tía Amber. Había llegado la noche anterior desde Londres, donde vivía. Se había metido directamente en el camión camerino en vez de pasar a vernos. Podría parecer extraño, pero era el estilo típico de la tía Amber, estaba ansiosa por comenzar.

Mamá y yo habíamos pasado toda la noche preparando las habitaciones y el desayuno para nuestros clientes en el Hostal Westwick Corners. Ni siquiera las brujas podían escapar de cierta cantidad de trabajo manual. Simplemente no había suficientes horas en el día, o en la noche en este caso. Me desperté sobre la una de la madrugada, pero tosí y me di la vuelta.

Mi mente se agitó mientras repasaba mentalmente los detalles. Las habitaciones estaban listas y mamá ya había preparado las mesas para desayunar. Me quedaría en el set como una especie de enlace con el pueblo, asegurándome de que los trabajadores de la película tenían todo lo que necesitaban. También esperaba poder entrevistar a algunas de las estrellas para el Westwick Corners Weekly. Era la editora del periódico, aunque sonaba más impresionante de lo que realmente era. En realidad, me compré el trabajo cuando se jubiló el antiguo propietario. Pronto me di cuenta de que el periódico estaba en la últimas y probablemente no fuera el mejor de los negocios en aquellos días. Como le gustaba decir a la tía Pearl, solo era un modo de conseguir cupones de descuento.

Sus comentarios me molestaban, pero tenía razón. A mis lectores recortadores de cupones no les importaban los artículos que pasaba horas escribiendo. Pensar que servía de otra cosa era una locura. Mi cada vez más reducido grupo de ancianos lectores solo quería cupones y publicidad. Pero al menos los ingresos que esta generaba seguían pagando las cuentas y manteniendo el periódico a flote.

Mi única otra tarea era vigilar a la tía Pearl. Eso era más fácil de decir que de hacer. La tía Pearl detestaba la idea de que hubiera visitantes en el pueblo. También mantenía una intensa rivalidad con su hermana Amber, así que esperaba que pudieran llevarse bien por una vez.

Comprobé el reloj y vi que eran casi las cinco de la madrugada. Me sentí como si no hubiera pegado ojo en toda la noche, y era obvio que no iba a volver a dormirme. Estaba demasiado emocionada con la película. Parecía demasiado bueno para ser verdad. Tenía que haber magia involucrada y temía que el hechizo se fuera a romper en cualquier momento.

Me puse unos vaqueros y una camiseta y salí. Salté los escalones de la casa del árbol respirando el aire húmedo de la mañana. Mi abuelo construyó la casa del árbol muchos años antes al otro extremo de la propiedad junto a las viñas. Era privado, pero estaba a pocos centenares de metros del hostal, cuya planta baja habitaban mamá y la tía Pearl.

Volví a pensar en la tía Amber. Definitivamente tramaba algo, pero ¿qué? Quizá solo intentara contribuir al negocio llevando la película a Westwick Corners.

O tal vez no. Nunca la había visto hacer nada que no fuera en su propio beneficio. Ya tenía un papel en la película, así que, ¿por qué tenía que rodarse en Westwick Corners? Algo me pasó por la cabeza, pero no logré saber qué. La tía Amber no se ausentaría de la AIAB por nada, a menos que hubiera magia de por medio. Sin embargo, no había señales de ello, al menos no había visto ninguna.

Una bruja más entrenada reconocería fácilmente las travesuras mágicas, pero era un desastre con los hechizos. Siempre he querido practicar más, pero la vida parecía entrometerse. Sobre todo, últimamente. A medida que las cosas se calentaban entre Tyler y yo, todo lo demás quedaba en segundo plano. Pensar en mi apuesto novio me hizo sonreír. Tyler Gates era también el sheriff del pueblo. También estaría ocupado todo el día con el pueblo lleno de toda la gente de la película.

Planeé ir a ver a la tía Amber a su camerino para intentar averiguar algo más. El hostal estaba tranquilo y oscuro mientras caminaba, los clientes todavía no se habían despertado para desayunar. Aún quedaban unas horas para eso. Tenía mucho tiempo para ver el set de rodaje en la calle principal.

Bajé la colina disfrutando de la quietud de las primeras horas de la mañana. Aún estaba oscuro, así que usé una linterna para encontrar el camino bordeado de árboles que serpenteaba cuesta abajo. Llegué a la carretera que llevaba al centro y me dirigí a la calle principal. A medida que me acercaba, vi figuras moviéndose rápidamente de un lado para otro por la calle. Al parecer el equipo de la película también había estado despierto toda la noche.

Las calles normalmente desiertas se encontraban llenas de personal descargando camiones y configurando la iluminación y el equipo. Los camerinos móviles estaban aparcados frente al banco. Escruté la calle en busca de la melena pelirroja de mi tía, pero no vi señales de ella. Supuse que estaría en su camerino.

Me dirigí al set de rodaje, que técnicamente eran solo los dos bloques centrales de la calle principal de la Calle Mayor de Westwick Corners. Los edificios de ladrillo y piedra de principios del siglo XX se alineaban a lo largo de la calle. El edificio del banco, compuesto por tres plantas, era el edificio más alto del pueblo y el escenario de la primera escena de *Atraco a mediodía*. Habían instalado todo tipo de cámaras y focos por todo el edificio y había docenas de personas correteando de un lado para otro.

Rodar en Westwick Corners tenía ciertas ventajas. Los edificios habían permanecido prácticamente intactos durante décadas. Simplemente no había dinero para renovarlos ni construir unos nuevos. La calle Mayor era bastante pintoresca de un modo olvidado y descolorido. Los edificios descuidados lucían las mismas ventanas y tapicerías que tenían a principios del siglo pasado. Todo estaba exactamente igual, solo un poco deteriorado. Los visitantes a menudo decían que venir era como retroceder en el tiempo.

Excepto por que ahora el ladrillo había sido pulido con chorro de arena, los embellecedores de madera estaban recién pintados y los edificios lucían una señalización propia de principios del siglo XX. Incluso el asfalto había sido cubierto con un palmo de tierra de modo que parecía un camino de tierra.

Todo eso había sucedido de la noche a la mañana y costaba creer que todo había sido cosa del equipo de filmación. Sin duda alguna la tía Amber habría contribuido con un toque sobrenatural. Pero sin importar como hubiera sucedido, el lavado de cara de nuestro pueblo me dibujó una sonrisa en el rostro.

Los pocos vestigios de modernidad habían sido escondidos o eliminados. Parecía que los problemas financieros de nuestro pueblo en bancarrota se habían resuelto durante la noche. La película había pagado generosamente por el rodaje, y el elenco y el equipo también traían dinero a Westwick Corners. Incluso teníamos clientes en el hostal, y otras empresas locales también se beneficiaban. La película y el lavado de cara del pueblo podían volver a ponerlo en números positivos.

Me dirigí a la gastroneta de mamá estacionada a media manzana de distancia. Era una furgoneta del estilo de los años sesenta con un letrero a un lado que decía «Ruby's Burgers». Bajo las letras había un mostrador abierto que revelaba una completa cocina de acero inoxidable en el interior. Cuando me acerqué, se abrió la puerta y salió mamá.

Me sorprendió verla en el pueblo y no en el hostal, pero a veces las brujas podían estar en dos lugares al mismo tiempo. O hacerlo creer. Se trataba de una ilusión bastante efectiva.

—Cen, ¿has visto a Amber?

Mamá se sacudió la harina del delantal de margaritas que cubría su camiseta descolorida y sus vaqueros bordados desgastados. Siempre se vestía como una hippie moderna, pero al mismo tiempo parecía ir a la última. Su peculiar sentido de la moda era totalmente imprevisible. Nunca tiraba nada y le gustaba ir cómoda.

Negué con la cabeza.

—Justo la estoy buscando. Iba a mirar en su camerino.

También esperaba hacerme una idea de dónde se encontraban el resto de los camerinos de las otras estrellas. Quizá pudiera entrevistar a alguno de ellos antes de empezar el rodaje.

—Dile que se pase cuando pueda. Necesito que alguien vigile las cosas un rato.

Era el código secreto de mamá para cuidar a la tía Pearl y que no fastidiara nada con sus travesuras. La tía Pearl odiaba a los turistas, aunque traían dinero al pueblo. Seguro que todo el asunto de la película la ponía de los nervios.

Si bien mamá podía estar en dos lugares a la vez, por así decirlo, era demasiado atender el hostal, la gastroneta y vigilar a la tía Pearl a la vez. Incluso su velocidad de una fracción de segundo dejaba demasiado tiempo a la tía Pearl sin supervisión. Los poderes de mamá eran una bendición cuando se trataba de obtener ventaja en el cáterin, pero no eran nada en comparación con los poderes de la tía Pearl. Y esta no tenía la costumbre de canalizarlos de forma productiva.

Mamá señaló con la mano los asientos alrededor de la furgoneta.

—¿Qué te parece?

Habían instalado una docena de mesas redondas y sillas alrededor de la gastroneta bajo la sombra de un gran sauce. Parecía una zona confortable con mantelería de cuadros rojos y rajones con claveles blancos y rojos adornando cada mesa. El plan de mamá era dejarlo todo preparado en el cáterin para los bocadillos y el almuerzo a media mañana y volver al hostal para servir el desayuno a los huéspedes.

—Parece que lo tienes todo controlado. ¿Necesitas ayuda con la comida?

Sabía que no, cocinaba de muerte.

Pero podíamos morir si dejábamos a la tía Pearl a cargo de la barbacoa.

—Mantente lejos de esto, Cen. Lo tengo todo bajo control.

La tía Pearl vino hacia nosotras, blandiendo las pinzas de barbacoa como un arma.

Iba a preguntarle por qué estaba cocinando de buena mañana cuando mamá me llamó la atención. Se puso un dedo en los labios para silenciarme. Las hamburguesas se echarían a perder, pero era un pequeño precio que pagar por mantener ocupada a la tía Pearl.

—Cen, llegas justo a tiempo para el almuerzo. Coge un bollo. —La tía Pearl señaló una mesa rectangular al lado de la gastroneta. Estaba llena de bollos, condimentos y ensaladas—. Es mi receta secreta de hamburguesas a la brasa.

—Ni siquiera es hora de desayunar —protesté—. ¿Qué me dices de un café?

Me ignoró y se dio la vuelta, extrañamente ajena a las llamas de casi un metro que se alzaban desde la barbacoa tras ella. El fuego se acercaba peligrosamente a las ramas del sauce que colgaban en lo alto.

—¡Cuidado!

Las ramas más bajas del árbol echaban humo y crepitaban mientras volaban las chispas. Miré a mi alrededor en busca de algo para apagar las llamas, pero mamá se me adelantó. Susurró unas palabras y en pocos segundos se había extinguido el fuego.

Mi tía Pearl era pirómana y le encantaba tener público. Siempre hacía cualquier cosa por atraer la atención. Por lo general eso incluía magia o fuego, o, demasiado a menudo, ambas cosas. Sobre todo, le gustaba irritarme, así que quería ignorarla. Pero me resultaba imposible cuando la seguridad estaba en juego. Miré a los trabajadores de la película. Por suerte estaban demasiado inmersos en sus tareas como para haber visto el efímero fuego.

—Tranquilízate, Cen. Habría arreglado cualquier cosa que se me fuera de las manos. Siempre reaccionas de forma exagerada.

—Prefiero que no suceda nada, en primer lugar. —Observé el plato de hamburguesas ennegrecidas junto a ella—. Nadie se va a comer eso. Están demasiado quemadas.

Mamá se abalanzó sobre el plato.

—A alguna gente le gustan las hamburguesas muy hechas. Las guardaré dentro hasta que sea la hora.

Esas hamburguesas se irían directamente a la basura, pero eso la tía Pearl no lo sabía. Calculé mentalmente la cantidad de hamburguesas por hora que mi tía podía asar antes de mediodía. Era un método caro de mantenerla a raya, pero reducía el resto de los daños.

La tía Pearl podía causar estragos si quería. Al menos, por lo que respecta a las hamburguesas, estaría bajo la vigilancia de mamá.

Me daba miedo pensar en los otros desastres que la tía Pearl habría planeado para detener el rodaje. A pesar de su actitud servicial, sabía que lo único que quería era expulsar a los intrusos de la ciudad. Odiaba pensar en los planes que tendría reservados para nuestro hostal completamente lleno, de donde era jefa de limpieza.

Ese trabajo fue idea de mamá, pensó que así no interactuaría con los clientes. Desafortunadamente, eso le daba acceso ilimitado a las habitaciones y cantidad de oportunidades de hacer travesuras con jabón y champú y cargar programas de pago en las cuentas de los clientes. Probablemente tuviera ideas mucho peores en mente, pero la ignorancia era una bendición y no quería ni pensar qué más tendría en esa cabeza suya.

El problema más inmediato eran sus travesuras con la barbacoa. Me daba miedo preguntar, pero lo hice de todas formas.

—¿Qué estás haciendo aquí? Creía que la tía Amber te había conseguido un trabajo en el set.

¿Ya se habrían peleado?

La tía Pearl me ignoró mientras echaba otra media docena de hamburguesas en la parrilla y encendía el gas.

La tía Amber había prometido mantener ocupada a su hermana mayor 24/7. No obstante, la tía Pearl estaba allí, a la espera de los problemas. Era un tornado de cuarenta kilos buscando un lugar para aterrizar. Los turistas y el equipo de la película eran el enemigo para ella. Su presencia en la gastroneta no era una coincidencia. Esperaba que no llegara tan lejos como para envenenar a la gente.

—+Amber le ha conseguido un buen trabajo con la utilería, pero Pearl se niega a aceptarlo. —Mamá se metió un mechón rubio que se le salía por debajo de su pañuelo brillante fucsia y turquesa—. Dice que no es suficiente para ella.

—Te equivocas, Ruby. No lo he rechazado —dijo la tía Pearl agitando el tenedor en el aire, casi dándole a una rama del árbol.

—Me engañó al explicarme el trabajo. Se suponía que iba a ser jefa de pirotecnia, no una ayudante que vigila una caja de juguetes. No me extraña que Amber me evite. Pagará por eso.

—No puedes ser jefa de pirotecnia, no tienes experiencia en películas —suspiré. La rivalidad entre las hermanas no tenía límites—. Seguro que la tía Amber solo intentaba ayudar.

La tía Pearl resopló y echó el líquido del frasco que tenía en la cadera en la barbacoa. Las llamas saltaron una fracción de segundo más tarde. Las miraba encandilada mientras se alzaban cada vez más alto desde la parrilla. Parecía estar en trance.

—¡Cuidado!

Se me erizó el vello de la nuca. Mi incendiaria tía odiaba a las figuras de autoridad, tanto formales como informales. También era una pirómana en rehabilitación, por lo que la idea de que se acercara al fuego me asustaba.

Las llamas disminuyeron cuando el combustible se consumió y la tía Pearl salió de su trance.

—¿Has dicho algo? —Nos sonrió con dulzura.

—La utilería es una gran oportunidad, Pearl. Por algún sitio hay que empezar —mamá apagó la barbacoa—. Puedes añadir esa experiencia en tu currículo.

—Amber no tiene experiencia —rebatió la tía Pearl—. ¿Cómo ha obtenido un papel protagonista?

Yo también me lo preguntaba. En cambio, dije:

—Estás celosa.

—No lo estoy.

Puse los ojos en blanco.

—¿Siempre tenéis que competir entre vosotras?

Las dos hermanas de mamá tenían sesenta y setenta años, y la tía Pearl era la mayor. Su intensa rivalidad no había disminuido en absoluto con los años. De hecho, cada vez se volvía más fuerte. No podían estar en la misma habitación cinco minutos sin tirarse de los pelos mutuamente. Mamá siempre acababa la discusión y hacía de mediadora a pesar de ser la más joven.

—Me gustaría que Amber y tú dejarais de ser tan competitivas —

dijo mamá—. Las dos sois buenas en cosas diferentes, eso es todo. Os complementáis.

Resoplé involuntariamente y ambas me miraron.

—Tengo experiencia de vida, Ruby. También soy bruja, y una muy buena. No estoy dispuesta a trabajar para un incompetente que no sabe qué diablos está haciendo.

—¿Te refieres al jefe de utilería? Claro que sabe lo que se hace. Tiene años de experiencia, como todos los demás aquí. Son profesionales.

Mamá señaló el set de rodaje con la cabeza.

—Puedo provocar efectos especiales. Los suyos son de chiste.

La tía Pearl hizo un gesto con la mano y las llamas volvieron a dispararse.

Mamá las apagó con un ademán.

—Mantén tus trucos a raya un par de días, por favor. Los miembros del equipo no saben que somos brujas y más vale que siga siendo así.

—Pero Bill no sabe lo que se hace. A este ritmo tardarán una eternidad en filmar —dijo con el ceño fruncido—. Solo quería echar una mano para agilizar el proceso. Pero todo lo que sugiero lo rechazan.

—No intentes nada gracioso, tía Peal.

No tenía ni idea de quién era Bill ni de por qué decía que era un incompetente, pero pensé que cualquiera que trabajara en una película de tal magnitud tenía que ser bueno en su trabajo. Más probable, excelente. Todo el mundo quería trabajar en la industria cinematográfica y la competencia por los empleos era feroz.

—Cen tiene razón. No puedes descubrir nuestro secreto —dijo mamá—. Haz un buen trabajo y gánate su respeto. Al menos Amber te ha conseguido un empleo.

La tía Pearl negó con la cabeza.

—No puedo hacerlo. No comprometeré la calidad. Tengo unos estándares de calidad, ya lo sabes.

No sabía de qué estándares de calidad hablaba. Quizá otro empleo fuera demasiado estresante para ella. Westwick Corners era tan pequeño que muchos habitantes tenían varios trabajos. Todos teníamos que ser emprendedores porque la economía local era inexistente.

La familia West no era diferente, ya que todos ayudábamos a dirigir el hostal y el bar, Embrujo, además de otros trabajos. Siempre necesitábamos dinero extra para llegar a fin de mes. Probablemente esa fuera la razón por la cual la tía Amber nos había involucrado a todas en la película.

A todas excepto a mí, claro. Me sentí un poco decepcionada porque la tía Amber no me hubiera conseguido un trabajo a mí también, pero, en cierto modo, era un alivio. La mayoría de las aventuras de la familia West solían acabar en descontrol. Prefería mirar desde la distancia.

Pero, aun así.

¿Por qué a mí no? ¿Era porque no practicaba bastante la magia? Es verdad, deserté de la Escuela de Encanto Pearl, pero castigarme por ser una bruja vaga me parecía extremo. Quizás la tía Amber no creía que fuera lo suficientemente buena, pero confiar en la tía Pearl para un trabajo antes que en mí era tanto sorprendente como molesto. Puede que fuera el modo de la tía Amber de darme un toque de atención, pero ese enfoque me dolió.

Vi cómo la tía Pearl sacaba las hamburguesas ennegrecidas de la parrilla y las ponía en un plato. Rápidamente echó otra media docena a la parrilla.

—Tal vez no debas trabajar en la película después de todo. ¿Qué harán tus alumnos?

La Escuela de Encanto Pearl no tenía ningún estudiante y era un fracaso, a pesar de que la tía Pearl afirmara lo contrario. De hecho, todos nuestros negocios tenían serios problemas, incluido el Westwick Corners Weekly. El rodaje de la película era el acontecimiento más importante que había vivido el pueblo en décadas y todos queríamos —más bien, necesitábamos—, formar parte de él.

—Necesitaba un descanso de la enseñanza. Ya sabes que me aburro enseguida —dijo la tía Pearl—. Mis estudiantes ponen a prueba mi paciencia.

—¿Y esto es mejor? —pregunté estudiando a mi tía de cabello

canoso—. Estás cocinando hamburguesas en una barbacoa. Y no paras de quejarte por ello.

—No es mejor en absoluto, Cendrine. A eso me refiero —protestó la tía Pearl—. Se suponía que el trabajo en efectos especiales sería una salida para mi vena creativa. Amber me prometió control absoluto. Dijo que si la ayudaba a sacar adelante la película haría que valiera la pena. Y luego me menosprecia dándome un trabajo muy por debajo de mis talentos y capacidades.

Me sentí tentada de preguntarle cómo había ayudado a exactamente a la tía Amber para que la película se rodara en Westwick Corners, pero nuestra discusión ya se estaba desviando.

—No puedes usar magia. Ni fuego.

Tuve la sensación de que cualquier ayuda que hubiera proporcionado la tía Pearl iría con condiciones. Había cosas que era mejor no saber.

—Sabes que no haría eso, Cendrine. —Sacó su labio inferior simulando pucheros y movió los ojos como hacía cuando mentía—. Siempre sigo las reglas.

Me mordí la lengua evitando empezar una discusión. Probablemente la tía Pearl hubiera arrollado a la tía Amber con el trabajo de utilería y la hubiera amenazado con algo peor. Su decepción solo podía significar que podíamos esperar algún otro tipo de venganza. No tenía claro cuáles serían exactamente las represalias, pero todos temíamos los ataques de «creatividad» de la tía Pearl. Había una delgada línea entre ceder a sus demandas y mantenerla alejada de los problemas. No era de extrañar que la tía Pearl le hubiera conseguido un trabajo de ayudante de utilería.

También era esa la razón por la que mamá la había puesto a cargo de la barbacoa. Si la tía Pearl quería jugar con fuego, lo mejor era que lo hiciera bajo supervisión.

CAPÍTULO 2

Mamá y yo dejamos a regañadientes a la tía Pearl en la gastroneta y fuimos hacia el hostal para desayunar. Era raro tenerlo completamente reservado como estaba aquel día. La mayoría del elenco y el equipo habían optado por alojamientos más modernos a una hora de distancia en Shady Creek, pero algunos habían decidido quedarse en el pueblo. Entre nuestros clientes había personalidades muy importantes y queríamos sacar toda la artillería para causar una buena impresión. Esperábamos animar a la gente a volver y tal vez conseguir cierta publicidad gratuita.

Rallé queso para las tortillas mientras mi madre cortaba las verduras. Habíamos cogido un buen ritmo cuando una voz aguda nos interrumpió:

—¿Cómo habéis podido dejarme aquí sola? —preguntó la silueta fantasmal de la abuela Vi revoloteando de un lado a otro de la cocina —. No me gustan los intrusos, ¿qué hacen aquí?

—Están rodando una película, abuela. Es temporal.

Me sorprendió que la tía Amber no le hubiera informado de antemano sobre la película, pero la verdad es que no nos había hecho mucho caso a ninguna.

—No tengo unos días. Quiero que te deshagas de toda esta gente.

Su aspecto se emborronó como ocurría siempre que se enfadaba. La abuela nunca había perdonado a mamá por haber convertido el hogar familiar en un hostal, y esto era la guinda del pastel.

—Eres un fantasma, abuela. Tienes todo el tiempo del mundo.

La abuela vivía conmigo en la casa del árbol. Aunque pueda parecer que un fantasma es el compañero de piso ideal, era muy difícil convivir con la abuela Vi. Competía constantemente por mi atención cuando teníamos huéspedes y se quejaba de la soledad cuando estábamos las dos solas.

—No me lo recuerdes. Deja la casa como estaba.

Se refería al hostal, que no había cambiado excepto por la presencia de los clientes.

—Tenemos que ganarnos la vida de algún modo, abuela. Se irán pronto.

Me sentía mal por ella, pero nuestras necesidades económicas superaban a mis sentimientos. O alquilábamos las habitaciones o nos mudábamos a otro pueblo con más oportunidades.

—Pronto es dos días más de lo que puedo aguantar. Intento ser paciente, pero ya se han pasado. He tenido suficiente. Ahora me toca a mí dar el espectáculo —dijo mientras se dirigía a la puerta del comedor.

Corrí hacia la puerta y la bloqueé con mi cuerpo.

—Espectro, abuela. Eres un espectro, no un espectáculo. Por favor, no entres. Te lo compensaré de algún modo, lo prometo.

Miré a mamá, pero estaba de espaldas frente a la parrilla preparando el desayuno.

—Sabes que puedo atravesarte, Cen. —Flotaba a quince centímetros de mi cara—. No me obligues a hacerlo.

—Vale, está bien. ¿Por qué no hacemos tinturas más tarde? —El soborno era mi única arma. La abuela podía causar estragos si no se salía con la suya—. Hace tiempo que no hacemos.

El aura de la abuela se iluminó inmediatamente de un feliz amarillo sol.

—Me encantaría. Haremos pociones de amor y hechizaremos a

todos los miembros de la película. —Rio como una adolescente—. Piensa en todos los problemas que desataremos.

—¡Suena divertido!

Mi voz salió un poco más aguda de lo normal, así que esperaba que sonara convincente. No tenía intención de usar la magia con el equipo de la película sin que lo supieran, pero la abuela Vi no tenía por qué saberlo.

—Quizá podamos hacerlo mañana, una vez que las cosas se calmen un poco.

Negó con la cabeza lentamente.

—No. Tendrás que pensar algo mejor que eso. ¿Qué se supone que debo hacer mientras tanto?

—¿Por qué no eliges unas series o películas para ver? Podemos hacer un maratón de *Embrujada* y *Mi bella genio* esta noche. Para inspirarnos.

Alargué la mano para darle una palmadita, pero, naturalmente, mi mano la atravesó.

—¿Eso es todo lo que tienes? No merece la pena —dijo la abuela Vi —. Además, no estoy de humor para comedia. De hecho, no me importaría desahogarme asustando a unos cuantos por ahí. Crearé mi propio drama.

—Por favor, abuela, no.

Levanté las manos en señal de protesta. Era obvio de dónde había sacado su actitud la tía Pearl, pero también estaba claro que la abuela Vi había llegado demasiado lejos. Bajé la voz para que mamá no me oyera.

—Tal vez podrías lanzarles un hechizo a la tía Amber y a la tía Pearl. Para que se llevaran mejor.

—Mmmm.

Flotó hacia el techo, sumida en sus pensamientos. Un par de segundos después se posó a cinco centímetros de mí.

—Es muy buena idea, Cen. Aprenderás algo nuevo y mis hijas se llevarán bien por una vez.

—Trato hecho —dije—. Cogeré algunas plantas del jardín y nos veremos en la casa del árbol por la noche.

Hacer tinturas era la única parte de la brujería con la que me sentía realmente cómoda, aunque dudaba que hubiera una poción lo bastante fuerte como para eliminar los límites de las fuertes personalidades de mis tías. Parecía satisfacer a la abuela Vi, al menos de momento.

—Tachán.

La imagen de la abuela Vi se desvaneció en la nada.

Volví a pensar en la tía Pearl. Dejarla sin supervisión con el equipo de la película era arriesgado, pero no teníamos elección. Al menos aún era temprano y a esas horas estaba de un humor más civilizado y menos propenso a actuar. La barbacoa había satisfecho su necesidad de fuego por el momento.

Necesitábamos a dos personas en el hostal, una para cocinar y otra para servir el desayuno. Como camarera, tenía una intención oculta, y era conseguir entrevistas con nuestros clientes más famosos. Entonces tal vez, solo tal vez, uno de mis artículos llamara la atención de los lectores y obtuviera buenos resultados. Ya tenía bastantes artículos pensados sobre el rodaje de la película y escritos sobre las estrellas de cine. Lo único que necesitaba era conocer a algunos de ellos mientras servía el desayuno.

Lo que quería por encima de todo era conocer a Steven Scarabelli, el legendario productor que se alojaba en nuestro hostal. Pero eso no iba a ocurrir, al menos por el momento. Me lo había perdido por unos minutos, ya que se había saltado el desayuno y se había marchado al set mientras cocinábamos.

Afortunadamente, a mamá y a mí no nos llevó mucho tiempo atender a los clientes y volvimos pronto a la gastroneta. La calle Mayor rebosaba de actividad y habían pintado más edificios durante nuestra ausencia. Las nuevas fachadas de la calle contrastaban con las demás calles. Allí, los edificios abandonados permanecían tapiados y la pintura se desprendía de las fachadas de madera.

Sentí una oleada de esperanza, satisfecha al ver que la película ya había devuelto la vida a Westwick Corners, aunque el rodaje aún no hubiera empezado. La población del pueblo había disminuido de miles a cientos en la última década, y la falta de empleo alejaba a los jóvenes tan pronto como terminaban la escuela. Algunos iban a la cercana Shady Creek y otros iban incluso más lejos hasta Seattle. Pero la película podía invertir la tendencia. Nuestra suerte estaba a punto de cambiar para mejor.

Si al equipo de la película le gustaba nuestro pueblo, volverían. Podríamos convertirnos en un Hollywood del norte. La película suponía un gran impulso económico, una oportunidad de oro que había caído en nuestras manos. Una película podía llevar a otra y proporcionar empleo y beneficios. Las brujas podían hacer muchas cosas, pero no hacer aparecer dinero. El éxito sería nuestro si no lo desperdiciábamos.

Salí de mis pensamientos al acercarnos a la gastroneta. Un destello rojo me llamó la atención. Era tan brillante que se reflejaba en el camión blanco y tuve que protegerme los ojos. Al acercarme vi el origen. Una mujer espectacular con el cabello rubio platino y un vestido rojo de lentejuelas plantada frente a la gastroneta.

Primero pensé que sería una de las actrices, pero cuando nos acercamos más, vi que no era el caso. Una sensación de malestar se formó en la boca de mi estómago.

Mamá también lo vio.

—¡No! Le dije a Pearl que Carolyn no era bienvenida. ¿Por qué siempre tiene que arruinar las cosas?

No tenía respuesta. Carolyn Conroe era el alter ego de la tía Pearl, una creación parecida a una Marilyn Monroe treintañera en la que la tía Pearl se transformaba cada vez que ansiaba atención. Sobre todo, atención masculina.

La tía Pearl afirmaba que odiaba a los hombres, pero al mismo tiempo parecía estar viviendo una extraña fantasía indirectamente a través de Carolyn Conroe. Me avergonzaba mirar, aunque todos los demás parecían ajenos a sus travesuras.

Su ceñido vestido de lentejuelas acentuaba sus curvas mientras se paseaba con una bandeja llena de hamburguesas. Hacía señas a los hombres como un canto de sirena que atraía un flujo constante de admiradores que andaban como zombis hacia a gastroneta. Conté al menos dos docenas, ninguno era del pueblo, así que asumí que eran parte del rodaje. Dudaba que trabajaran mucho en aquel momento.

Carolyn había paralizado la película con hamburguesas de ternera y una melena rubia. Si queríamos impresionar a los peces gordos de Hollywood teníamos que evitar ese tipo de interrupciones. Nuestro futuro dependía de que la película se rodara sin problemas.

Al acercarnos vi mejor a los admiradores de Carolyn. Algunos de ellos estaban prácticamente babeando mientras la miraban fijamente, como si estuvieran en trance.

—Al menos sabemos qué está haciendo.

—Cierto —dijo mamá—. Y así podemos mantenerla alejada de Amber. Su competitividad podría salírsele de mano y arruinarlo todo.

Asentí. Un concurso de belleza sobrenatural era lo último que necesitábamos, con las dos hermanas intentando superarse mutuamente. Principalmente era la tía Pearl quien instigaba las cosas. Estaba resentida porque su hermana pequeña fuera más atractiva y tuviera una carrera mucho más exitosa.

Me sorprendió que la tía Pearl se atreviera a convertirse en Carolyn Conroe con la tía Amber cerca. Técnicamente, su transformación era una violación de las reglas de la AIAB. Había pocos casos en los que una bruja tenía permitido hacerse pasar por otra persona, ya fuera real o imaginaria. Mientras que la tía Pearl rompía constantemente las reglas, ya había recibido dos avisos de tres aquel año. Como vicepresidenta de la AIAB, la tía Amber era muy estricta con las reglas. No queríamos un enfrentamiento.

—Voy a buscar a la tía Amber. Tengo que hablar con ella.

Eché un vistazo a la calle y me sentí aliviada al no verla cerca. Así podría encontrarla antes de que viera a Carolyn.

Carolyn estaba sentada en una de las mesas de área de comida, posando de forma sugerente con un generoso atisbo de piel asomándose por la abertura del muslo de su vestido de noche.

No podía dejar a mamá sola con ella.

La cantidad de mesas se había duplicado durante nuestra ausencia, obviamente a causa de la tía Pearl y sus travesuras destinadas a atraer hombres. Estaban llenas de hamburguesas, sándwiches, ensaladas y bebidas frías. Algunos se habían servido bocadillos, pero la mayoría simplemente contemplaba asombrado a Carolyn, ignorando felizmente el hecho de que habían sido engañados. Era una gran hazaña, ya que el equipo de rodaje veía a las despampanantes actrices de Hollywood a todas horas.

Me acerqué a la mesa de Carolyn y le pasé un brazo por encima. La alejé de sus admiradores.

—¿Por qué haces esto? Estás alterando el horario del rodaje.

Los labios carmesíes de Carolyn se pusieron en forma de O, se llevó los dedos a la boca y puso un semblante inocente.

—No estoy haciendo nada. No puedo evitar que estos hombres tengan hambre.

—No tienen hambre, tienen... da igual. —La miré—. No me engañas, tía Pearl. Sé lo que tramas.

—Deja de llamarme así, mi nombre es Carolyn. Y no tengo la menor idea de lo que estás diciendo.

Se peinó la melena rubio platino con una mano con la manicura perfecta. Sus uñas lucían exactamente el mismo tono carmesí que sus labios y su vestido.

—Ya lo entiendo. Seguro que has hablado con Amber. ¿Ahora ni siquiera puedo cocinar? Está claramente celosa y preocupada de que la eclipse.

—No, aún no he visto a la tía Amber, pero dudo que esté celosa de ti. Ahora vuelve a tu aspecto normal antes de que tome medidas drásticas.

—Deja de quejarte, Cendrine. Quiero divertirme un poco por una vez. Al menos tienes un trabajo que te va bien.

Mamá volvió a salir de la furgoneta sintiendo los problemas. Se acercó a Carolyn solo para que pudiera ver su expresión. Puso los ojos en blanco, pero no dijo nada.

Sabía que no debía caer en las técnicas de distracción de la tía Pearl, pero no pude evitarlo.

—¿Por qué de repente crees que mi trabajo me conviene? Dijiste que mi periódico estaba condenado a muerte.

—Está tan condenado como tu vida —dijo encogiéndose de

hombros—. No tienes ambición para nada más grande. No practicarás la magia, te conformaras con ese sheriff novio tuyo y eres muy difícil. Ya deberías saberlo a estas alturas, pero te lo repetiré: cosechas lo que siembras.

Como si fuera una señal, vi al sheriff Tyler Gates caminando enérgicamente hacia nosotras. Cuando se acercó, vi que mi novio, normalmente tranquilo, estaba enfadado, su sonrisa habitual había sido reemplazada por un ceño fruncido. No era el único con mucho trabajo aquel día.

Me volví hacia la tía Pearl con la cara roja de ira.

—Solo porque no quiera ir a la Escuela de Encanto Pearl no significa que no tenga futuro. Tus distracciones tampoco van a funcionar. Ya sabes lo importante que es esta película para todo el pueblo. ¿No puedes ser tú misma por una vez?

—No, así no... —Mamá se detuvo a media frase cuando las llamas salieron de la barbacoa.

—Oh, oh —Carolyn se llevó las manos a la boca—. ¡Ayuda!

La alejé de la barbacoa cuando las llamas se alzaron casi tres metros.

—¡Tía Pearl!

—Te dije que no me llamaras...

La ignoré y la alejé.

—Vas a incendiar todo el set.

Dos de los hombres que estaban cerca se arrancaron las camisas y corrieron hacia la barbacoa. Entre los dos sofocaron las llamas.

—¡Ay, madre!

La tía Pearl se desmayó realizando su mejor imitación de Scarlett O'Hara.

Uno de los hombres corrió a su lado.

—¿Se encuentra bien, señorita?

Le pasó un brazo protector por los hombros la guio lejos de la barbacoa.

—¿Qué hay de nosotras? —me preguntó mamá, molesta.

—Supongo que somos invisibles.

Observé los restos carbonizados de la barbacoa preguntándome cuántas veces iba a ocurrir algo así aquel día.

—Imposible.

Tyler me abrazó. Conocía el secreto de nuestra familia, lo que hacía que ser una bruja fuera un poco más fácil.

—Sin embargo, creo que será mejor que busquéis un nuevo trabajo para Pearl. Uno que la mantenga fuera cualquier cosa inflamable.

Mamá negó con la cabeza.

—No sé qué hacer, Tyler. Se niega a hacer cualquier trabajo que Amber le consigue, y no puede trabajar conmigo si va a estropear la comida. La forma en que ha encendido la barbacoa…

—Déjamelo a mí. Pensaré algo —dije—. Y la tendré vigilada.

—Bien —respondió Tyler—. Porque Brayden me vigila con ojo de halcón. Y ha prometido acabar conmigo si algo va mal.

Brayden Banks era el alcalde de la ciudad y mi ex prometido. Le molestaba que Tyler y yo saliéramos juntos y constantemente buscaba excusas para despedirlo.

—Solo quiere causar problemas.

Sentí pena por Tyler. No podía ganar de ningún modo. Si había algún problema durante el rodaje de la película, Brayden encontraría el modo de culpar a Tyler. Si era un éxito, Brayden se llevaría todo el método.

Volví a centrar mi atención en la tía Pearl y en su situación laboral. Tenía que mantenerla ocupada, pero ¿cómo? Una bruja experta como la tía Pearl podía hacer mucho daño y sus travesuras podían hacer que no se rodaran más películas en Westwick Corners en el futuro. Eso no era bueno para nadie.

A fin de cuentas, la idea de la tía Amber de un trabajo en el set era probablemente nuestra mejor apuesta debido al mal genio de la tía Pearl. Podría supervisarla y ver el rodaje al mismo tiempo. El trabajo de utilería también tenía interacción limitada con otras personas. Solo tenía que convencer a Pearl de que su trabajo era tan importante como el papel de actriz de la tía Amber.

—Hablaré con Amber —dije—. Seguro que podemos encontrar algo.

Después de todo, podíamos combatir el fuego con fuego.

CAPÍTULO 3

No pude evitar sentirme orgullosa al ver a la tía Pearl caminar lentamente por la calle en dirección a casa. Tras lanzar un hechizo desmemorizante para borrar su memoria a corto plazo, la envié en un falso encargo a la Escuela de Encanto Pearl. Eso me daría algo de tiempo para localizar a la tía Amber y recuperar el trabajo de ayudante de utilería de la tía Pearl.

Solo que esta vez, implantaría un recuerdo falso para hacer creer a la tía Pearl que había sido idea suya. Me sentí un poco culpable hasta que recordé que ella me hacía ese tipo de cosas continuamente. Se lo merecía por infravalorar mis poderes. Aunque me consideraba una bruja mediocre, había estado practicando mis habilidades en secreto durante los últimos meses. Finalmente estaba empezando a dar sus frutos.

El hechizo desmemorizante era complicado porque había que hechizar también a cualquier otra persona involucrada. Los admiradores masculinos de mi tía recordarían haber llegado a la gastroneta y encontrársela cerrada sin nadie alrededor.

Acababa de burlar a una bruja experta con un hechizo propio. No hacía falta decir que estaba orgullosa.

Mi hechizo había borrado los últimos diez minutos de su vida. Las mesas de comida, los hombres... todo se había ido. Incluso Carolyn se había ido. La tía Pearl había recuperado espontáneamente su malhumorado estado habitual. La única prueba restante de las hamburguesas de Carolyn era la barbacoa chamuscada, algo que mamá podía arreglar fácilmente en un santiamén. La tía Pearl estaría orgullosa de mí, y enfadada por ser el sujeto de mi hechizo.

La tía Pearl se comportaba a menudo como una niña de dos años encerrada en el cuerpo de una mujer de setenta. Su alter ego Carolyn Conroe era su modo de actuar. Nos preocupaba atrajera demasiada atención, como Carolyn, o que repeliera a la gente como ella misma.

Supongo que debería haber anticipado su aburrimiento, ya que mamá y yo nos habíamos ocupado temporalmente de su trabajo de mantenimiento en el hostal y le habíamos dejado demasiado tiempo libre. Demasiado tiempo para meterse en problemas. Y demasiado tiempo para reflexionar sobre el papel en la película de la tía Amber. No era de extrañar que estuviera molesta. En parte me sentía culpable.

Decidí tomar un café de la furgoneta antes de dirigirme al set rodaje. Acababa de darme la vuelta cuando sentí una bocanada de aire en la espalda.

—¡Cendrine!

La tía Amber se materializó de repente ante mí, bloqueando mi camino a una dosis de café muy necesaria. Llevaba el cabello pelirrojo recogido hacia atrás y lucía un par de pendientes de diamantes con un collar a juego. Incluso con su bata de seda tenía todo el glamur de una estrella de cine de los años cincuenta.

Excepto que la película era un western ambientado a principios del siglo XX. Sus diamantes y sus tacones altos parecían totalmente inapropiados para la polvorienta calle.

—¿No deberías estar preparándote para la escena?

Agitó la mano con desdén.

—Necesito ayuda urgentemente. No encuentro a mi asistente.

—Eso es malo.

Decidí renunciar al café y me dirigí al set. Pasé por encima del cableado eléctrico mientras escudriñaba la calle, esperando en parte que apareciera una carroza de Cenicienta tirada por caballos al rescate de la tía Amber. Afortunadamente, nada de eso sucedió, pero algunos de los admiradores de Carolyn rondaban a nuestro alrededor. No parecían vernos.

—Tal vez la tía Pearl pueda ayudarte. Debería volver en cualquier momento.

La tía Amber resopló.

—No puedes estar hablando en serio. Tiene la capacidad de atención de un mosquito. Necesito a alguien más detallista. Alguien en quien pueda confiar para hacer un buen trabajo.

Miré a mi alrededor.

—Buscaré por si encuentro a tu ayudante.

—Alguien como tú.

La tía Amber puso una gran cantidad de vestidos en mis brazos y casi me hizo caer.

—Lleva esto a mi camerino. Los necesitaré planchados y listos en una hora.

—Lo siento, tía Amber. No tengo tiempo.

Traté de devolverle los vestidos, pero empujó más fuerte. Me tambaleé un instante antes de recuperar el equilibrio. Apoyé todo mi peso en ella, pero no se movió.

—Saca tiempo, Cendrine. Esto es importante.

—Seguro que tu ayudante volverá tarde o temprano.

Al menos la tía Amber no había hecho alarde de sus poderes de bruja para planchar los vestidos. Me volví hacia el camión de comida, pero me bloqueó el camino.

—No tengo tiempo para esto. Cógelos ya.

Asintió en dirección a los camerinos.

Levanté los brazos en protesta, pero me los empujó hacia abajo. Los vestidos largos estaban hechos de gruesa lana y eran increíblemente pesados. Me tambaleé hacia atrás por el peso.

—Le prometí a mamá que la ayudaría con la limpieza después del desayuno.

Me sentía culpable por mentir, pero no tenía tiempo ni ganas de ser la asistente de vestuario de la tía Amber. Nunca aceptaba un no por respuesta. En cuanto dijera que sí, me asignaría montones de tareas igualmente desagradables. Tenía que mantenerme firme.

—Por dios, Cen. Somos brujas. Haz un hechizo.

—Podrías hacer lo mismo —señalé.

El vestido de encima tenía volantes y varias capas de enaguas. Aparte de ser increíblemente pesado, apenas podía ver lo que tenía delante. Cada vez que aplastaba el vestido para ver, se volvía a expandir.

Cogí aire y me coloqué los vestidos en un hombro para poder ver al menos por dónde iba.

Escudriñé la calle en busca de alguien a quien entregarle la ropa de la tía Amber, pero simplemente me ignoraban todos mientras correteaban como hormigas de un lado para otro. Todavía no entendía cómo una bruja se sesenta años y sin experiencia había conseguido un papel importante en una película de Hollywood. Había algo sospechoso, y no estaba segura de que me fuera a gustar.

—Tú hazlo, ¿vale? Tengo que prepararme para la escena del robo.

Me miró y se ajustó el cinturón de la bata.

—No puedes ir así —dije—. Tienes que ir al camión camerino a cambiarte de todas formas, ¿por qué no te llevas los vestidos? Además, ni siquiera sé dónde está tu camerino.

Demasiado tarde. La tía Amber corrió tras un edificio y susurró en voz baja. Segundos más tarde, salió de su escondite, con un largo vestido azul de principios del siglo XX con un cuello de encaje. Sus joyas de diamantes habían desaparecido, pero ahora llevaba un gran sombrero azul y blanco con una sombrilla a juego. Desapareció inmediatamente por las puertas del antiguo edificio del banco sin decir una palabra.

Me dolían los brazos, pero no podía dejar caer los vestidos. Parecían caros y no quería estropearlos. Quizá pudiera dárselos a alguien del set. Tendrían algún lugar donde guardarlos. El ayudante de la tía Amber aparecería tarde o temprano.

Necesitaba tener las manos libres para conseguir una historia, o quizá una docena de ellas antes de que terminara el rodaje. Me preocupaba que se hubiera roto el hechizo de la tía Amber, todo terminaría tan rápido como había empezado. Los ejecutivos de la película habían sido evidentemente hechizados para considerar rodar en nuestro pueblo. Las estrellas de cine y el equipo de filmación se irían y volveríamos a ganar una miseria y a aburrirnos como ostras. Tenía que entrevistar a las estrellas antes de que se dieran cuenta de su error, hicieran las maletas y se marcharan.

Sobre todo, quería conseguir una entrevista con el protagonista. Un puñado de historias sobre el rodaje para mantener el *Westwick Corners Weekly* a flote. Lo único que necesitaba eran buenas historias para cambiar las cosas.

Pero para eso tenía que empezar ya, y eso significaba deshacerme de los vestidos. Me animé al ver los camiones camerino al otro lado del set. El de la tía Amber debía de estar cerca.

—¿Necesitas una mano?

Un hombre de unos treinta años me sonrió y señaló los vestidos.

Con mucho gusto acepté y se los puse en los brazos.

—Gracias. Se supone que debo llevarlos al camerino de Amber West.

—¿Amber West? —preguntó el hombre frunciendo el ceño—. No me suena ese nombre.

—Alta, delgada, pelirroja, de unos sesenta años.

La bruja que ha organizado esta locura de rodaje.

Arrugó la frente con una expresión de desconcierto.

La coprotagonista, quise decir, pero me detuve. Quizá hubiera mentido o exagerado. ¿Quién sabía qué era verdad y qué no?

—Amber West… ah, sí, ya. Ahora me acuerdo. —Señaló con la cabeza a otro grupo de camiones aparcados más debajo de la Calle Mayor, en el terreno baldío—. Su camerino está por aquí. Te enseñaré el camino.

Lo seguí desconcertada por su falta de familiaridad con la tía Amber, ya que era coprotagonista y todo eso. Por otra parte, el rodaje completo había sido un acuerdo de último momento con mamá. La tía Amber había sido contratada el día anterior, cuando la protagonista original se retiró.

Lo seguí a otro camión más pequeño y viejo que los demás. El nombre de la tía Amber estaba impreso en letras mayúsculas en un pequeño cartel de cartón blanco pegado a la puerta. No daba la impresión de que fuera una estrella y no había señales de ningún ayudante. El camerino estaba vacío.

—Aquí es.

El hombre dejó caer la ropa sobre la mesa plegable de la cocina y le tendió la mano.

—Lo siento, no me he presentado. Soy Rick Mazure, el guionista.

Le estreché la mano.

—Vaya. ¿Tú escribiste *Atraco a mediodía*? ¿Y *Atraco a medianoche* también?

Asintió.

—Soy Cendrine West. Soy reportera en el *Westwick Corners Weekly*.

Omití el hecho de que también era editora, gerente de publicidad, jefa de contenido y cafetera principal.

—Gracias por acompañarme. No sabía que estaría tan lejos.

—No ha sido ninguna molestia. Seguro que aquí encuentras muchas historias, tanto dentro como fuera del set —dijo Rick—. Te ayudaría a empezar, pero tengo que correr. Tengo una fecha límite para algunas modificaciones de guion y por aquí hay gente que se enfada si las cosas no están hechas para ayer.

Sonreí.

—Sé exactamente a qué te refieres.

No tenía planes de esperar a la tía Amber, así que lo seguí fuera y lo vi caminar rápidamente hasta el set. Quería evitar una conversación vacía, y estaba segura de que él también. Esperé a que se hubiera alejado lo suficiente y me encaminé en la misma dirección.

Mi oficina estaba cerca del ayuntamiento y de la gastroneta, así que el modo más rápido de llegar era atravesando el set. Si tenía suerte, podría toparme con una de las estrellas y planear una entrevista.

Westwick Corners se había convertido en un pueblo del salvaje oeste, o al menos en su versión de Hollywood. El equipo de rodaje se había multiplicado en la última hora hasta el punto de que estaba a rebosar de coches antiguos, caballos y trajes de época. Aunque me encantaban los edificios recién pintados, echaba de menos el desgastado esplendor del pueblo. Era como unos vaqueros favoritos, desgarrados y desgastados en los lugares más adecuados. De repente, Westwick Corners parecía una versión extraña y estéril de su antiguo yo.

El pequeño estacionamiento del supermercado al otro lado del banco estaba lleno de utilería y gente que instalaba los cables, erigía luces y colocaba decorados. Una docena de hombres y mujeres con trajes de época se entremezclaban con el equipo. Todos los hombres llevaban sombreros, y las mujeres llevaban vestidos largos ceñidos alarmantemente a la cintura.

Vi a la tía Amber al mismo tiempo que ella me vio a mí. De algún modo se había vuelto a cambiar de ropa. Esta vez llevaba uno de los vestidos que acababa de dejar en su camerino. Magia, por supuesto. Para alguien con un cargo tan alto en la AIAB no tenía mucho respeto por las reglas. Me pregunté cuántas habría roto para conseguir el papel.

—¡Cendrine! Ayúdame con mis frases.

Corrió hacia mí levantándose las enaguas por la polvorienta calle.

—Te lo dije, llego tarde a ayudar a mamá. —Bajé la voz—. Eres bruja. Puedes memorizar las frases en un momento.

Chasqueé los dedos para enfatizar.

—Los grandes actores no memorizan las frases. Se convierten en el personaje. —Suspiró—. Cada gesto, cada matiz, cada entonación es crucial. Necesito que me critiques. Soy la protagonista y tengo que hacerlo bien.

—No soy experta en actuación, tía Amber. Quizá alguno de los otros actores pueda ayudarte. Además, tengo que irme.

Quería añadir que no debería haber esperado hasta el último minuto para practicar sus frases, pero no quería que se enfadara conmigo.

—Vale, bien. Pero al menos ven a conocer a Steven conmigo. —Se apartó el pelo con la mano—. Está muy contento de que le convenciera para rodar aquí. Sobre todo, porque la protagonista murió de repente y estaba en un apuro. Quiere que ocupe su lugar.

—¿Qué? ¿Murió? Creía que lo había dejado.

No sabía que la tía Amber había conseguido el papel porque alguien había muerto. Que la tía Amber fuera la protagonista haría ganar el interés de los locales, ya que ella había nacido en Westwick Corners. La muerte de su predecesora lo hacía más intrigante.

La tía Amber le restó importancia.

—Es una larga historia. Eso no importa ahora. Lo importante es que Steven dice que tengo talento, que soy un diamante en bruto. ¡Me va a convertir en estrella!

Miré a toda la gente que iba a toda prisa por el set. No veía a Steven Scarabelli ni a nadie supervisando el trabajo. Todo el mundo parecía saber lo que tenía que hacer, como si lo hubieran hecho cientos de veces.

—Westwick Corners parece ser de bajo presupuesto para él.

No era una película brillante, pero incluso yo sabía que Steven Scarabelli era un pez gordo. Sus películas no eran tan populares como lo habían sido unas décadas antes, pero seguía ganando Oscars y Globos de Oro. Era alguien importante en Hollywood según los estándares y los actores parecían encantados de trabajar con él.

—Ese ha sido uno de los motivos de su elección. Dijo que era... auténtico. —La tía Amber me cogió la mano—. Ven conmigo y te presentaré.

CAPÍTULO 4

Diez minutos después, estaba sentada junto a la tía Amber en el camión oficina de Steven Scarabelli. Me sentía asombrado por estar ante el legendario director y productor de Hollywood, sin embargo, el hombre que tenía enfrente no parecía para nada un icono de Hollywood. Su expresión cansada también lo hacía parecer mucho mayor que el hombre que había visto en televisión. Parecía que necesitara un buen y largo descanso.

Se puso de pie y se inclinó sobre el escritorio. Me estrechó la mano y me dirigió una sonrisa cálida y amistosa. Su atuendo casual, una camisa blanca de algodón y unos vaqueros oscuros, hacían que pareciera más un miembro del equipo que un director y productor de Hollywood.

—Bienvenido a Westwick Corners.

No era gran cosa, pero no sabía qué más decir. Si había algún pueblo que tuviera el síndrome del impostor, ese era el nuestro, escondiéndose tras una capa de pintura. Estaba segura de que Steven Scarabelli entraría en razón en cualquier momento y detendría el rodaje. No éramos exactamente material de Hollywood.

—Me alegra estar aquí. Nunca habría sabido de esta pequeña joya si no hubiera sido por Amber. Tu tía y yo hemos vivido muchas cosas.

La tía Amber sonrió.

—Esta película recuperará la prosperidad del pueblo, Cen. *Atraco a mediodía* será aún más grande de lo que lo fue *Atraco a medianoche*. Está garantizado que será un taquillazo gracias a Steven y sus inversores.

—Cuento con ello. —Steven puso un contrato ante Amber—. Aquí está el contrato final para que lo firmes. Ya lo han hecho todos excepto Dirk, que llegará en cualquier momento. Una vez tenga su firma podremos empezar.

Me quedé boquiabierta. El último taquillazo de Steven Scarabelli había sido protagonizado por una de las estrellas más importantes de Hollywood.

—¿Dirk? ¿ Dirk Diamond? ¿Va a venir aquí?

A los hombres les encantaban las películas de Dirk Diamond por sus tramas de acción. A las mujeres les encantaban sus películas por... bueno, porque era Dirk Diamond.

Steven rio entre dientes.

—Será mejor que llegue pronto o tendré serios problemas.

Me sorprendió que Steven no hubiera cerrado ya los contratos con los actores, pero dado que esta película era una secuela tal vez solo fuera una formalidad. O tal vez las cosas eran más informales en Hollywood. Lo dudaba, pero ¿qué sabría yo?

Me volví hacia la tía Amber.

—¿Dirk va a quedarse en el pueblo?

En realidad, preguntaba si era uno de nuestros huéspedes del Hostal Westwick Corners. No había visto su nombre en el registro, pero muchas estrellas se registraban con nombres falsos para mantener el anonimato.

—Por supuesto —dijo—. Steven también se queda con nosotras, junto con otros miembros del equipo. Los demás se quedan en Shady Creek.

Garabateó su firma en el contrato, se lo pasó a Steven por encima de la mesa y le sonrió.

—Aquí tienes. Soy toda tuya.

Steven sonrió.

—Me registré en vuestro hostal anoche. Es encantador.

Nuestro hostal pintoresco y acogedor no era nada parecido a un elegante hotel de Beverly Hills. Probablemente estuviera varios niveles por debajo de lo que Steven acostumbraba, así que era muy amable por su parte felicitarnos. Esperaba que no acabara decepcionado. El alojamiento de lujo más cercano estaba a una hora de camino, en Shady Creek, así que supuse que la practicidad había ganado al lujo.

—Nuestro pequeño pueblo se va a hacer famoso, Cen. —Amber se levantó y me indicó que la siguiera—. Vamos, te mostraré el set.

Imaginé a los amantes del cine haciendo turismo en Westwick Corners, gastando dinero y alojándose en nuestro hostal. Seguí a mi tía afuera, contenta porque su estado de ánimo hubiera mejorado. Paramos en seco cuando casi chocamos con una pequeña mujer de cabello oscuro. Me disculpé cuando nos pasó por delante y entró en el camión de Steven.

Señalé con entusiasmo.

—¡Es Arianne Duval! ¡Otra grande de Hollywood!

La tía Pearl me dio una bofetada.

—¡No señales, Cen! ¡Me estás avergonzando delante de mis compañeros!

Me volví hacia la tía Amber.

—¿Cómo conseguiste un papel protagonista en la película? Nunca has ido a clases de teatro.

—Steven dice que tengo talento natural. Por eso me ha puesto con Dirk.

Abrí la boca, aturdida. La tía Amber nunca había actuado en público que yo supiera.

—Lo has hechizado, ¿verdad? —La tía Amber no respondió—. Sabes que no cuenta si no consigues de forma natural.

—Es natural. Steven vio mis habilidades naturales.

La tía Amber resopló y se dio la vuelta, indicando que la discusión había acabado.

Me quedé helada cuando vi a Dirk Diamond viniendo hacia nosotras. Su cabello castaño se había vuelto gris en las sienes y era más bajito de lo que esperaba, pero seguía siendo increíblemente guapo. Llevaba una camisa del oeste, botas de cowboy y pantalones vaqueros.

Una mujer caminaba junto a él sobre unos tacones de cinco centímetros. Su moderno vestido de flores estaba cubierto con una americana de lino blanco abotonada en la cintura. Llevaba el cabello moreno recogido en un moño flojo. No iba disfrazada, así que asumí que no era parte del elenco.

—¡Es él! ¡Es...!

—Dirk Diamond —completó la tía Pearl—. Es mi coprotagonista. La mujer que está con él es su agente, Kim Antonelli.

—No lo puedo creer.

Siempre había pensado que las estrellas de cine eran gente normal y me divertía ver a la gente actuar de forma tonta ante sus ídolos de la gran pantalla. Sin embargo, ahí estaba yo, deslumbrada. Dirk Diamond tenía mucha presencia, incluso fuera de la pantalla. Me sentía atraída hacia él como un imán. Sonreí como una idiota sin poder hablar.

—Hola. —Me guiñó un ojo y me sonrió antes de dirigirse a la tía Amber—. Ahora nos vemos, Amber.

Hizo un gesto con la mano y pasó por delante de nosotras hasta el camerino de Scarabelli.

—¡Dirk Diamond me acaba de guiñar el ojo!

La idea de que la tía Amber coprotagonizara junto a una gran estrella como Dirk Diamond desafiaba la lógica.

—Has usado la magia. Has hechizado de algún modo a todo el equipo y les has hecho creer que eres una estrella.

—Por supuesto que soy una estrella. —La tía Amber hizo pucheros —. ¿Acaso dudas de mi talento?

—¿Cómo te «descubrieron», exactamente?

Agité las manos. Tenía que haber algo más. Siempre lo había cuando había una bruja involucrada.

—Steven y yo hace tiempo que nos conocemos. Siempre me dijo que debería dedicarme a la actuación porque tengo carisma. —La tía Amber se encogió de hombros—. Perdió a su protagonista femenina a última hora. Los amigos se ayudan. En realidad, no importa cómo ocurrió, ahora soy parte de la película.

Era escéptica ante esa versión de los acontecimientos.

—¿Por qué ahora después de tantos años? Nunca te había interesado la actuación.

—Steven se encontraba en un aprieto tras la muerte repentina de Rose. Solo lo estoy ayudando. Le hubiera llevado una eternidad convocar nuevas audiciones y negociar un nuevo contrato. No puede permitirse retrasarse ni arriesgarse con nuevos talentos. Ya se ha pasado con el presupuesto de la película. Así que me presté voluntaria.

—¿Rose? ¿Qué Rose?

—Rose Lamont.

Jadeé.

—¿La esposa de Dirk Diamond? ¿Cuándo sucedió todo esto?

No lo había oído en las noticias y Dirk no parecía muy afectado. Por otro lado, era actor, así que sabía esconder sus emociones. Me volví justo a tiempo de verlo entrar en el camión de Steven.

—Hará una semana. Rose Lamont sufrió un aneurisma cerebral. Dirk lo ha mantenido en secreto. Ni siquiera ha salido en las noticias —dijo la tía Amber—. Solo tenía treinta y siete años. Una lástima.

—Dirk no parece estar muy afectado —añadí—. Me sorprende que no se pospusiera el rodaje si acababa de morir.

Me preocupaba el cambio de ubicación a Westwick Corners hubiera sido también en el último momento. ¿Habría una conexión? Fuera como fuese, la casualidad parecía sospechosa. Una estrella había muerto y otra estrella, nada más ni nada menos que su marido, continuaba su trabajo como si nada.

—Dirk, un alma valiente, ha decidido seguir adelante —afirmó la tía Amber—. Después de que hablara con él, por supuesto.

—¿Estabas allí cuando sucedió?

Rose Lamont era joven, atlética y la viva imagen de la salud. Los aneurismas eran poco comunes, pero azotaban a gente aparentemente sana todo el tiempo. Aun así, la coincidencia me parecía sospechosa y quería asegurarme de que la tía Amber no estaba involucrada, ni siquiera indirectamente.

—¡Claro que no! Cen, ¿estás insinuando que he hecho algo siniestro para conseguir este papel? Me siento totalmente insultada. —Negó con la cabeza—. Estaba en Londres y tengo testigos que pueden confirmarlo.

Los gritos surgieron del camión de Steven antes de que pudiera responder.

Me di la vuelta.

Las voces de Steven y Dirk se expandieron por todo el set mientras se ponían de pie en el camión. Estaban discutiendo sobre el contrato. Kim estaba fuera. Se encogía cada vez que la voz de Dirk se elevaba.

Fruncí el ceño.

—Si es su agente, ¿no debería estar dentro negociando con él?

La tía Amber no respondió.

Dirk bajó los escalones y se volvió hacia Kim.

—Vámonos.

Kim lo siguió de cerca y luego se detuvo de repente. Se dio la vuelta y miró fijamente a Steven a los ojos mientras este bajaba las escaleras detrás de Dirk. Extendió las manos, con las palmas hacia afuera.

—Lo siento mucho, Steven.

—Vamos, Kim. No tienes nada más que decirle. —El rostro de Dirk enrojeció de ira—. Vámonos.

Kim siguió a Dirk como un cachorro regañado con una expresión de dolor en el rostro.

Steven salió corriendo detrás de la pareja.

—No puedes hacerme esto, Dirk.

—Algo va mal —susurró la tía Amber—. Se suponía que Dirk iba a firmar el contrato. Me imagino que no ha sido así.

Kim agarró a Dirk del brazo y lo detuvo a pocos metros de nosotras.

—Estás cometiendo un error, Dirk. Le diste a Steven tu aprobación verbal. ¿Quieres que cambie algunos términos? Deja que habla con Steven y veré qué puedo hacer.

Steven Scarabelli estaba cerca, sin saber si perseguir a la pareja o volver a su oficina.

—No me digas lo que tengo que hacer, Kim. —Dirk se deshizo de su agarre—. A menos que quieras que te despida a ti también. No pienso trabajar ni para Scarabelli ni para nadie más. Estoy empezando mi propia empresa. Merezco una mayor parte de las ganancias.

—Pero Steven te convirtió en estrella. —Kim estaba claramente enfadada con su cliente—. Sabes que está secuela será un éxito en taquilla al igual que lo fue la primera parte. Es dinero fácil y ya te sabes tus frases. Lo único que tienes que hacer es presentarte durante pocas semanas, repasar los movimientos y hacer la película. Es un buen trato.

Dirk dio una patada contra el suelo.

—¡Eso es mentira! Steven no me convirtió ni a mí ni a nadie en estrella. La gente le da demasiado crédito. No es un buen trato en absoluto. Nunca firmé, así que tengo derecho a cambiar de opinión.

—Pero Steven confiaba en ti. La semana pasada estuviste de acuerdo cuando discutimos los términos. —Kim señaló hacia el set—. Steven siguió adelante de buena fe basándose en tu aceptación verbal. Ha invertido todo lo que tenía en esta película. Todo el elenco y el equipo se quedará sin trabajo si tú no aceptas. Y Steven ya se ha comprometido a pagarles.

—No me importa. Es problema de Steven. El guion es una chapuza y no quiero que mi nombre se asocie con él. —Hizo el gesto de llamar por teléfono y se despidió de Kim con la mano—. Llámame luego.

Todos vimos como Dirk Diamond se dirigía a su camerino. No se parecía en nada al tipo que idolatraba en pantalla. De hecho, no me gustaba nada. Era el epítome de una *prima donna* exigente y gruñona. Un imbécil consumado. Pero era la garantía de la taquilla, y él lo sabía. Todos tenían que inclinarse ante él y satisfacer sus caprichos. No tenían elección si querían seguir con el rodaje.

Kim Antonelli no dijo una palabra. No tenía que hacerlo. Su expresión de disgusto lo decía todo.

Steven se acercó a Kim.

—¿No puedes hacerlo entrar en razón, Kim? Haré lo que sea necesario para que esté contento. Lo prometo. El tiempo es dinero y tengo a toda esta gente en el set esperando a encender las cámaras. Averigua lo que quiere Dirk. Sea lo que sea, lo haré.

—Lo intentaré, Steven —prometió Kim asintiendo con simpatía—. Pero ya sabes lo impredecible que es.

Steven parecía desesperado.

—Eso es lo que me preocupa. Tengo a los inversores respirándome en el cuello y estoy atrasado en los pagos. Sin esta película, me arruinaré.

—No hagas nada precipitado —le susurré a la tía Amber.

Estaba tan emocionada con su papel que temía que hiciera aparecer otro protagonista.

—Lo siento, Steven. He intentado razonar con él, pero no me escucha —dijo Kim—. Me siento fatal, pero ¿qué puedo hacer? Sabes que soy su agente solo de nombre. Hace lo que quiere. Yo tampoco tengo dinero y necesito el cheque ya.

Un hombre se acercó a nosotros con papeles en la mano. Era Rick Mazure, el hombre que me había ayudado antes con los vestidos de la tía Amber.

—Steven, ya he escrito los cambios. Me ha llevado toda la noche, pero ya he terminado. Creo que está bastante bien. ¿Puedes aprobarlos?

Steven lo despidió con la mano.

—Ahora no, Rick. No tengo tiempo para leerlos porque Dirk acaba de marcharse del set. A menos que podamos calmarlo, no habrá película que rodar.

—¿Otra vez? No lo entiendo. —Rick hundió los hombros, derrotado—. He hecho todos los cambios que pidió Dirk.

—Lo sé. Sigue adelante y repártelo. Seguro que es tan bueno que no necesito comprobarlo. Esperemos que Dirk vuelva pronto y podamos empezar a filmar.

—Vale, jefe.

Rick se marchó en la misma dirección que Dirk.

—Quizá pueda hacer entrar en razón a Dirk —dijo la tía Amber volviéndose a Steven—. Déjame ver qué puedo hacer.

—Vale la pena probarlo. De lo contrario, perderé millones. —

Steven se pasó una mano por la frente—. Hagas lo que hagas, no puede ser peor que esto. Se dio la vuelta y caminó lentamente hasta su camión oficina, con los hombros hundidos como si hubiera acabado el mundo.

—Vamos —cogí a la tía Amber del brazo y nos dirigimos hacia el set. Pronto alcanzamos a Rick.

—Debes ser decepcionante hacer todas esas modificaciones para nada —dije.

Rick se encogió de hombros.

—Nunca se sabe lo que va a pasar con Dirk. Es impredecible, pero a veces las cosas funcionan. Estoy trabajando con Dirk en otro proyecto, un thriller muy intenso. Acabo de terminar ese guion también. Aguanto todas sus exigencias porque su nombre en el cartel garantiza el éxito en taquilla.

Caminamos con Rick hacia el set, donde Dirk se había detenido para discutir con un miembro del equipo.

—Por lo menos aún no se ha ido.

La tía Amber se dirigió hacia él y yo la seguí.

Dirk se volvió hacia Rick cuando nos acercamos con una expresión de desdén en el rostro.

—¿Qué quieres?

—¿Has podido ver ya las modificaciones del guion? —Rick levantó el documento ante Dirk—. Tengo una copia aquí.

—No te molestes, Rick. Tu guion es una mierda. No pasé de las primeras páginas. Tu supuesto thriller hizo que me entrara sueño.

Rick palideció mortalmente.

—Estoy abierto a sugerencias. Dime qué partes...

Dirk hizo un mohín con la mano.

—Todo es una basura. No malgastes mi tiempo. Ya he tenido suficiente de gente como tú. Voy a abrir mi propia productora y a escribir mis propios guiones. Basta de parásitos que se enriquecen con mi talento.

Kim apareció junto a Dirk con una expresión de dolor en el rostro. Como su agente, recibía un porcentaje de todo lo que Dirk Diamond ganaba, pero a juzgar por su expresión, no le compensaba.

—Dirk, tenemos que hablar. —La tía Amber sonrió—. Puedes hacerlo mientras duermes. Recuerda lo que te dije sobre profesionalidad.

El ceño fruncido de Dirk se transformó en una suave sonrisa.

—Tienes razón, Amber, como de costumbre. Ojalá me pareciera más a ti.

Me quedé asombrada. La tía Amber tenía algún tipo de hechizo sobre Dirk, pero no había magia involucrada. Si hubiera sido un hechizo, lo habría notado. Pero no había magnetismo, ninguna sensación que no fuera la fuerza de su personalidad. Cosa que la tía Amber tenía naturalmente. Aun así, era difícil de creer.

Kim suspiró, aliviada porque alguien hubiera detenido el infierno de su jefe.

—Dirk es mi protegido. Nos conocemos, ¿verdad, Dirk? —La tía Amber se volvió hacia mí—. Ayudé a Dirk a entrar en el mundo del espectáculo. De hecho, su primera película fue con Steven Scarabelli. Nos conocemos desde hace mucho.

—Sí —dijo Dirk—. Tenemos una historia común.

—Steven nos necesita esta vez —la tía Amber le dio una palmadita en el brazo—. Ve a ver a Steven y arregla las cosas. Te alegrarás de haberlo hecho.

Dirk frunció los labios y reflexionó.

—De acuerdo, Amber. Vamos, Kim.

Kim lo siguió cuando cambió de rumbo en dirección al camión de Steven.

Estudié a mi tía, aturdida por el efecto que ejercía sobre Dirk. La escuchó cuando no estaba escuchando a nadie.

Vio mi mirada y sonrió.

—¿Qué?

—Nada.

Quería que la elogiara, pero iba a decirle nada. No quería aumentar su ya enorme ego.

—¿No tienes trabajo que hacer? —preguntó la tía Amber mirándome fijamente—. Mis vestidos no van a plancharse solos.

—Me pondré a ello.

No tenía intención de ocuparme de su vestuario, pero lo último que quería era otra pelea en el set. No tenía ni idea de dónde venían los cambios de humor camaleónicos de la tía Amber, pero estaba a punto de volverse tan difícil como Dirk.

O como la tía Pearl. Me di cuenta de que aún no le había preguntado sobre el trabajo de mi tía Pearl.

—Bueno, tengo que ir al set.

La tía Amber me despidió con un gesto de mano y se dio la vuelta. Cruzó la calle hasta el viejo bajo.

Me sentí aliviada al no ver señales de Dirk ni de Kim. Ya deberían estar hablando con Steven. Me quedé atrás y esperé a que la tía Pearl entrara en el edificio. Entonces volví al camión de Steven, esperando escuchar a hurtadillas. Cuando Dirk y Kim se marcharon, esperé unos minutos para ver a Steven y conseguir una historia.

No llegué lejos antes de escuchar voces provenientes de un lado del banco. No podía verlas, pero reconocí la voz de Dirk Diamond y hablaba con Steven Scarabelli. Me acerqué más cuando sus voces se volvieron más fuertes.

—Podemos cambiar el guion, los términos, lo que quieras —dijo Steven.

—Vale, bien. Quiero que estas cosas se cambien en el guion.

Se oyó el crujido de papeles rasgándose y alguien pateando el suelo.

—No hay problema —añadió Steven—. Muchas gracias, Dirk. Me alegra que hayamos podido resolver esto.

—Ah, y una cosa más —dijo Dirk.

—Lo que quieras.

—Despide a la vieja. O se va Amber West o me voy yo.

Jadeé. A la tía Amber no le iba a gustar eso.

CAPÍTULO 5

Atraco a mediodía empezaba a parecerse más a un rescate a mediodía. Me paré al otro lado de la calle y observé cómo el equipo trabajaba frenéticamente para adaptarse a los cambios detallados en el guion. Nunca había estado tras las escenas de un set de rodaje. La histérica actividad que anteriormente había confundido con caos era en realidad una sinfonía perfectamente afinada entre el reparto y el equipo. Se movían de un lado para otro, realizando simultáneamente cientos de tareas para preparar la primera escena. Y, probablemente, cientos de innecesarias tareas, todo debido a la arrogancia de Dirk Diamond y a sus irrazonables exigencias.

No esperaba que los cambios en el guion afectaran a algo más que a las frases de los actores, pero Dirk había exigido que el banco se pintara de un tono diferente de azul. El olor a pintura flotaba por el aire mientras los pintores limpiaban y desmontaban los andamios.

Sentí un respeto renovado por el equipo, obligado a atender los caprichos de una estrella de cine mimada. A pesar de las exigencias de última hora de Dirk, el set estaba listo para rodar. Lo único que quedaba eran unas modificaciones de guion de último momento por parte de Rick Mazure, en su mayoría pequeños ajustes de continuidad derivados de los cambios de Dirk. Afortunadamente, solo incluían un cambio en las frases de Dirk Diamond. El resto de la escena del atraco al banco permaneció intacto.

Miré a mi alrededor y me sorprendió ver a la tía Pearl a pocos metros de distancia. Me alegró que no hubiera hablado todavía con la tía Amber porque podrían discutir y retrasar aún más la filmación. No tenía claro si la tía Pearl había cambiado de opinión o simplemente había venido a ver el rodaje. De cualquier modo, era una buena señal. Cuando encendieran las cámaras, vería lo interesante que podía llegar a ser el puesto de ayudante de utilería.

Todos parecían relajados y felices en ese momento, ansiosos por ponerse manos a la obra. Excepto Dirk, que parecía preferir estar en cualquier parte que no fuera el set. La impaciencia de Dirk crecía por minutos, y esperaba que no se marchara del set antes de que volviera Rick con la versión final.

Todavía me sorprendía que Dirk hubiera seguido adelante con la película a pesar de la repentina muerte de su esposa. ¿Podía estar más interesado en la película que en llorar a su mujer? Dada su diatriba en el camerino de Steven lo dudaba. Rose Lamont había sido tanto su esposa como su coprotagonista. Era o muy estoico... o algo que era demasiado horrible para pensarlo.

Por otro lado, veía demasiadas series de crímenes, así que siempre asumía lo peor. El juego sucio era otra posibilidad, sobre todo porque Rose era décadas más joven que Dirk y aficionada al ejercicio. No se espera que alguien así muera repentinamente. Tomé una nota mental para buscar más detalles sobre su temprano fallecimiento.

Más raro todavía era que mi pensionista tía fuera la sustituta. No tenían la misma edad ni experiencia y dudaba que la tía Amber tuviera el mismo éxito en taquilla que una mujer de treinta y tantos. Y sabiendo que Dirk quería despedirla, supuse que lo peor estaba aún por llegar.

Por extraño que pareciera, la tía Amber parecía no estar siquiera en la primera escena. Se quedó a unos metros de distancia, posando ante los fotógrafos para conseguir fotos para su portafolio de actuación. O bien la habían añadido en uno de los últimos cambios, o había exagerado en su protagonismo. Una corazonada me decía que se trataba de lo segundo.

—Gire un poco a la izquierda —pidió el fotógrafo ajustando la cámara—. Sí, así está genial. Quédese quieta.

—Asegúrese de sacar mi lado bueno.

La tía Amber le sonrió a la cámara. Ya tenía docenas de fotos de su lado bueno, del malo y de fuera de plano. También tenía fotos con Dirk, Arianne y otros reticentes miembros del elenco que se mostraban cada vez más molestos ante sus distracciones. Tenía tantas que Steven la había regañado por detener la producción.

—Aquí están los cambios.

Rick Mazure caminó apresuradamente hasta el set, sin aliento y desaliñado. Llevaba la chaqueta arrugada y la camisa desabotonada y una fina capa de sudor le perlaba la frente.

—Hay cambios importantes, así que todos a repasar las frases.

Entregó a cada miembro del elenco y del equipo una copia del guion de una enorme pila de hojas azules.

El hombre corpulento y calvo que tenía al lado maldijo en voz baja. Bill Kazinsky era exactamente como lo había descrito la tía Pearl, pero no parecía peligroso. A pesar de sus quejas, ajustó todo el decorado para las exigencias de Dirk Diamond enseguida.

—Creía que eran cambios menores. —Bill le arrebató la última copia a Rick y hojeó las páginas. Puso el dedo índice sobre el guion—. ¿Qué demonios es esto? Se supone que son cuchillos, no pistolas. ¿Cómo se supone que debo lidiar con esto?

—¿Es un gran problema? —pregunté.

—Sí, es un gran problema. —Maldijo en voz baja—. Estoy a cientos de kilómetros del estudio y todos los malditos accesorios están mal. ¿Por qué no pueden decir lo que necesitan desde el primer momento?

Rick extendió las manos con las palmas hacia afuera.

—Lo siento, Bill. He escrito lo que me han dicho. Si tienes preguntas, habla con Steven. Él es el jefe.

Por lo que había visto hasta ahora, lo dudaba. Dirk Diamond cortaba el bacalao.

—Sí, claro.

Bill se quejó entre dientes y se marchó a pocos metros de distancia. Todo el decorado estaba apilado en semicírculo. Era como una fortaleza, configurada para permitir solo un punto de entrada y proteger todo el interior.

Lo seguí y me paré justo fuera del círculo de utilería de Bill. El mini Stonehenge solo permitía la entrada de una persona a la vez. Bill se giró de lado y se deslizó por la abertura. Observaba el inventario de decorados con expresión frustrada.

—¿Dónde voy a encontrar armas de principios del siglo XX? Ya sabes, no es que crezcan en los árboles.

El hombre obeso se sentó en un taburete dentro de su fortaleza y se frotó la frente.

—¿Necesitas pistolas? Yo tengo.

La tía Pearl se materializó a mi lado. Blandía una pistola en cada mano.

—Puedo conseguir más en un santiamén.

Articulé un silencioso «no». No era el momento ni el lugar para mostrar su brujería o dar a entender que tenía trato con traficantes de armas. Una tía Pearl armada me asustaba inmensamente. Las armas eran mucho peores que el fuego.

—Déjeme ver eso. —Bill salió de su cueva y agarró una de las armas. Le dio la vuelta en la mano—. Puede que funcionen. Aunque necesitaríamos seis.

—No hay problema. Un momento. —La tía Pearl desapareció por una esquina y regresó en menos de un minuto con una bolsa bajo el brazo. Era tan pesada que se le hundía el hombro. Le entregó la bolsa a Bill.

—Pruebe estas.

Me complació ver que la tía Pearl pareciera interesarse de nuevo en el trabajo de utilería.

Bill sacó una pistola de la bolsa.

—Parecen antiguas. ¿De dónde las ha sacado?

—No importa, siempre y cuando le gusten. —La tía Pearl fingió una reverencia y pestañeo—. A su servicio, señor Bill.

Me volví hacia Bill.

—¿No tiene que probarlas primero para asegurarse de que funcionen?

La actitud enfermiza y dulce de la tía Pearl significaba que estaba tramando algo. Sospeché que sería algo para desautorizar a la tía Amber. La rivalidad entre hermanas era la peor.

—Sí, tienes razón. Pero no hay tiempo suficiente para eso. —Bill frunció el ceño—. Ahora que lo pienso, tengo algunas pistolas que podrían funcionar. ¿Por qué no puede Rick escribir la escena correcta en primer lugar?

Bill miró hacia Rick. El guionista estaba fuera de su campo auditivo o lo ignoraba a propósito.

Bill se arrodilló miró dentro de una gran caja.

—Maldición, no las tengo en la caja de utilería. Tendré que volver a por ellas al camión.

La tía Pearl levantó la mano.

—Iré a por ellas. Dígame dónde están.

Bill negó con la cabeza.

—Están encerradas en un lugar seguro. —Señaló a la tía Pearl—. Vigile la caja. No deje que nadie se lleva nada.

Giró sobre sus talones y se marchó.

La tía Pearl juró entre dientes.

—Hago todo el trabajo y no obtengo ningún respeto. Le he conseguido pistolas. Sin embargo, en lugar de hacer algo productivo, aquí estoy cuidando una estúpida caja de juguetes. No me pagan lo suficiente para esto.

—Acabas de empezar. Aún no has hecho nada. Además, nadie te va a pagar. Te ofreciste a ayudar con la utilería, ¿recuerdas?

Estaba bastante claro que Bill no necesitaba su ayuda realmente.

—Sí, bueno. Esperaba más emoción en una película de acción. Estoy empezando a arrepentirme. Puede que tenga que crear mis propios problemas.

La tía Pearl se frotó la barbilla, sumida en sus pensamientos. Sentí un escalofrío. Que la tía Pearl pensara era un gran problema.

—No conjures más armas. La gente podría hacerse una idea equivocada.

Nadie confundiría a la tía Pearl con una terrorista, pero la gente se asustaría si la viera armada hasta los dientes con media docena de pistolas.

—Podría ahorrarles a todos mucho tiempo. Bill no es lo que se dice rápido. Hay mucha gente demasiado bien pagada sin hacer nada. —Se cruzó de brazos y dio una patada en el suelo—. Ofrezco ayuda, pero no la tomará. Obviamente, se siente amenazado por mí.

—Lo dudo —dije—. Lleva años haciendo esto. Puede que sea lento, pero sabe lo que hace.

La tía Pearl negó lentamente con la cabeza.

—Si hubiera leído el guion, sabría que la última versión ha agregado explosivos.

—¿Cómo lo sabes?

La tía Pearl puso los ojos en blanco y se sacó un montón de papeles del bolsillo.

—Veamos… aquí mismo, página tres.

Señaló la página con su dedo índice.

—¿De dónde lo has sacado?

Me incliné para ver mejor. El pie de página decía versión cinco, que era una copia más nueva que la que le había dado Rick a Bill.

—Rick me lo dio. —Cogió el guion y lo sostuvo por encima de su cabeza—. Es una copia anticipada.

—¿Seguro que lo has leído bien?

Una sonrisa de suficiencia me dijo que mentía. Sobre el guion, sobre los explosivos o sobre ambas cosas. De lo que estaba absolutamente segura era de que el hecho de que se involucrara había sido un error.

—Claro que estoy segura. Rick me lo dio como medida de precaución porque sabe lo desorganizado e incompetente que es Bill. Puede que vaya yo misma a ver a Steven Scarabelli. Probablemente me contrate como jefa de utilería y pirotecnia. Lo haría mucho mejor.

No podía imaginar pirotecnia en un Western, hasta que recordé que por aquel entonces tenían dinamita. Me estremecí cuando me imaginé a Dirk Diamond haciendo estallar una caja fuerte del banco y reduciendo el edificio del banco a un montón de ladrillos. Tenía la sensación de que cualquier dinamita proporcionada por la tía Pearl sería real. El edificio era demasiado viejo para soportar algo así y no podíamos permitirnos más reparaciones. Esperaba que la tía Pearl estuviera mintiendo, pero no podía confiar en ello. Tenía que encontrar a Rick Mazure para confirmarlo.

O a la tía Amber. Probablemente ella era la única que podía frenar la despiadada búsqueda de poder de su hermana.

La tía Amber.

Miré hacia donde estaba posando poco antes, pero se había ido. Solo quedaba el fotógrafo jugueteando con su equipo.

Me paseé por el set en su búsqueda y la vi en el extremo opuesto hablando, o más bien gritando a Steven Scarabelli. A juzgar por su rostro lleno de lágrimas, le habían dado la noticia. Steven había sucumbido a las exigencias de Dirk Diamond y la había despedido.

Luché contra el impulso de apresurarme y abrazar a mi tía. Enterarse de que yo lo sabía la humillaría aún más. Me planteé hablarle de la conversación entre Dirk y Steven, pero ¿de qué serviría? Nada de lo dijera o hiciera cambiaría el resultado.

Tampoco quería poner en peligro la película aún más. El elenco y el equipo traían dinero a Westwick Corners. El hostal de mi familia estaba completo y mi madre también obtenía beneficios del catering. Sería un desastre para todos si Steven Scarabelli decidiera dejar el pueblo y rodar en otro lugar. Eso si alguna vez había habido una filmación real en marcha.

—¡Te arrepentirás de esto!

La tía Amber se dio la vuelta y salió del set en dirección a su camerino. Casi chocó con Bill, que acababa de regresar con un estuche de madera. Maldijo y le dio un codazo.

Bill murmuró algo entre dientes y se apartó de su camino. Se dirigió a los miembros del elenco. Colocó la caja de madera en el suelo, la abrió y empezó a repartirlas a los actores uno por uno. Luego cerró el estuche y volvió hacia nosotras. Depositó el estuche sobre la enorme caja que había estado mirando antes dejándolo caer con un ruido sordo.

El fotógrafo giró la cabeza de golpe, sobresaltado por el ruido. Frunció el ceño cuando vio a la tía Amber fuera del set.

—¿Cen? ¿Me escuchas?

La tía Pearl me tiró del brazo sin darse cuenta, aparentemente, del despido de la tía Amber.

—¿Eh?

Asentí, aunque no había escuchado una palabra de lo que había dicho la tía Pearl. Por suerte me salvó la llamada del director. Vi a los actores ocupar sus lugares y tomé una nota mental para ver cómo estaba la tía Amber cuando terminaran de rodar la escena.

La filmación estaba por fin en marcha.

—Todo el mundo a sus puestos.

Steven Scarabelli había vuelto al set, sonrojado y sin aliento. Agitó una mano hacia el set. Había reemplazado su desesperación por optimismo.

—Más vale que sea el último cambio. Vigile las cosas, Pearl. Necesito fumar. —Bill señaló a la tía Pearl antes de cruzar la calle—. ¿Qué hay en...?

Puse una mano en el huesudo hombro de mi tía y me puse un dedo en los labios.

Ella frunció el ceño, pero permaneció en silencio.

—¡Acción! —gritó Steven.

Las puertas del banco se abrieron de golpe y Dirk Diamond salió disparando del edificio. Corrió por toda la calle hacia un Ford T negro brillante, con su largo abrigo negro tras él. Sostenía una pistola en una mano y la bolsa con el botín en la otra. Otro hombre con vaqueros y un chaleco de gamuza lo siguió, dibujando un semicírculo defensivo con el arma mientras cruzaba la calle.

El conductor del Ford saltó del asiento del conductor y se puso en pie al lado del coche, saludando frenéticamente a Dirk con una mano y agarrando un cuchillo con la otra. Entonces tres hombres saltaron desde detrás de un edificio del lado opuesto de la calle blandiendo pistolas hacia Dirk y el otro hombre. El de delante abrió fuego, dándole al cómplice de Dirk. El hombre dejó caer su pistola y gritó. Se tambaleó hasta el coche aferrándose el brazo mientras se dejaba caer en el asiento trasero.

Arianne Ducal salió corriendo del banco, gritando. Se quedó inmóvil en la acera de madera cuando vio a los hombres. El conductor que empuñaba el cuchillo volvió de un salto a su asiento justo cuando en la Calle Mayor estallaba un tiroteo. Las balas volaban, los caballos se asustaban y los perros ladraban mientras corrían frenéticamente entre el caos. Cuando se asentó el polvo, cinco hombres permanecían inmóviles en el suelo.

—¡No! —gritó Ariana. Corrió hacia Dirk y se arrodilló a su lado. Miró a cámara y susurró—: Ha muerto.

—¡Corten! ¡Buen trabajo! —resonó la voz de Steven.

Señaló con el pulgar hacia arriba mientras se dirigía de nuevo a los camiones.

Los actores se levantaron y se sacudieron el polvo de sus disfraces.

Todos excepto Dirk Diamond.

Nunca volvió a levantarse.

CAPÍTULO 6

—¡Han disparado a Dirk! —chilló Arianne.

—Ahora no, Arianne. Estamos en el descanso.

Un actor alto y rubio, uno de los disparadores de la escena, la despidió del set.

La tía Pearl resopló.

—Claro que le han disparado. Es un tiroteo, boba. Es lo que tiene que pasar. —Se volvió hacia mí—. Aquí nadie sabe lo que hace.

—¡Basta, tía Pearl! No es momento de ser sarcástica.

Dirk llevaba una camisa blanca bajo la chaqueta. Desde mi punto de vista, vi un círculo rojo expandiéndose lentamente en su pecho. Me di cuenta, horrorizada, que esa mancha no era parte de la película. Un tiro falso requería sangre falsa, pero ya que la escena había terminado tras los disparos, la sangre falsa era completamente innecesaria.

Arianne también se había dado cuenta. Me llevé las manos a la boca cuando me di cuenta de la realidad. Todos los demás actores, excepto Arianne, se estaban yendo. Dirk permaneció inmóvil en el suelo. No se había movido ni un centímetro.

—Estoy hasta el moño —dijo la tía Pearl—. No tienes ni idea de cómo es recibir órdenes de ese bufón incompetente. Voy a pedirle a Steven un aumento. Podría hacer mi trabajo mucho mejor que Bill con una sola mano. —La fulminé con la mirada y ella negó con la cabeza y se encogió de hombros—. He intentado ayudarle, pero es demasiado terco para ver sus errores.

La ignoré. Dirk ya debería haberse levantado.

Acabábamos de presenciar un trágico accidente o, posiblemente, un asesinato. Arianne corría frenéticamente de un lado a otro entre el edificio y la calle, donde yacía el cuerpo sin vida de Dirk sobre el polvoriento camino.

—¡Ayuda! ¡No respira!

Todo el mundo se mantuvo en silencio una fracción de segundo cuando la gravedad siguió a las palabras de Arianne. Luego, todos corrieron hacia Dirk.

—Demasiado tarde. —Uno de los actores se arrodilló junto a él—. Creo que está muerto.

Un jadeo colectivo surgió de la veintena de miembros del elenco y el equipo que se habían reunido alrededor de Dirk en semicírculo. Si bien nadie parecía tan afligido como Arianne, había multitud de rostros temerosos. Todos estaban en shock.

—Le han disparado de verdad. No estaba actuando.

Me volví hacia la tía Pearl, pero había desaparecido.

Al darme la vuelta la vi alejándose apresuradamente del set. Ya estaba a media manzana, casi había llegado hasta Steven. Este debió de haberse marchado del set tan pronto terminaron la escena.

A juzgar por su modo de andar despreocupado y sin prisas, desconocía por completo lo que le había ocurrido a Dirk.

Bill corrió hacia mí, con un cigarrillo en los labios. Inhaló profundamente, se lo sacó de la boca, lo tiró al suelo y lo aplastó con el pie.

—¿Qué demonios acaba de pasar? ¿Por qué están todos arremolinados allí?

Negué con la cabeza.

—Han disparado a Dirk en el pecho. Está muerto.

Entrecerró los ojos.

—¿Pretendes hacer una gracia?

—No es ninguna broma.

—No me lo creo. Debe de ser otro cambio en el guion, ¿verdad?

Los ojos de Bill volaban del cuerpo sin vida de Dirk a mí.

—Me temo que no.

Observé su rostro en busca de cualquier señal de engaño, pero parecía realmente sorprendido.

Bill empezó a andar de un lado a otro con el rostro pálido.

—¿Cómo ha podido pasar? ¿Quién le ha disparado? ¿Dónde están?

Bajé la voz.

—No lo sé, pero parece que la bala ha salido de una de tus pistolas.

—Eso es imposible —dijo Bill—. Mis pistolas no estaban cargadas, nunca lo están. No tienen balas de verdad, son de fogueo.

—¿Estás seguro?

Miré hacia la calle donde había visto a la tía Pearl y a Steven por última vez. Mantenían una acalorada discusión sobre algo, aparentemente ajenos a la tragedia que había ocurrido ante nosotros. Me volví de nuevo hacia Bill.

—Claro que estoy seguro. Yo mismo las comprobé antes de entregarlas. Ni siquiera tengo balas. —Me fulminó con la mirada—. ¿Crees que he tenido algo que ver en el disparo de Dirk? ¿Por qué iba a hacer algo así?

Se me ocurrían cantidad de razones.

—Nadie está acusando a nadie. Solo expongo los hechos. Han disparado a Dirk.

Arianne caminó rápidamente hacia nosotros. Se detuvo ante Bill y lo miró fijamente.

—¿Nos has dado armas cargadas? Todos podríamos haber muerto. ¿Cómo has podido ser tan estúpido?

—Por supuesto que no os he dado armas cargadas. ¿Crees que soy idiota? Solo tenían balas de fogueo. —Bill se rascó la cabeza—. No lo entiendo.

—Tienes que dar muchas explicaciones, Bill —dijo Arianne—. Eres el único que ha tocado las armas.

—No sabemos si estaban todas cargadas. Solo que se disparó una bala —dije.

Era irrelevante, podría verificarse más tarde, pero no quería que todos entraran en pánico y empezaran a sacar conclusiones precipitadas.

Bill levantó los brazos con las palmas hacia afuera.

—No estaban cargadas, lo juro. Alguien cargaría el arma cuando se la entregué.

—Si alguien las hubiera modificado, lo habríamos visto —añadí—. Las repartiste justo antes de que empezara el rodaje. Todos los ojos estaban en el set.

—Bueno, alguien hizo algo. Quizá Pearl tuvo algo que ver. ¿Dónde está?

—Ella no ha tocado las pistolas, estoy segura.

El intento desesperado de Bill de echarle la culpa a otra persona me irritó. No podía culparlo por estar enfadado, angustiado o ambas cosas, pero eso no era excusa para convertir a la tía Pearl en un chivo expiatorio por su descuido. Agradecí que ella no hubiera oído las acusaciones. Podía cuidar de sí misma, pero eso era exactamente lo que temía. No quería darle motivos para prender fuego a algo.

El rostro de Bill se sonrojó de ira contenida.

—Seguro que la has perdido de vista en algún momento.

—No, he estado mirándola todo el tiempo. Pregúntale a ella. Quizá haya visto algo que a mí se me ha escapado —sugerí señalando con la cabeza por donde se había ido—. Está al otro lado de la Calle hablando con Steve en este momento.

Sin duda, la tía Pearl se moría por conseguir el trabajo de Bill, pero eso no tenía importancia en aquel momento. Sin Dirk Diamond, la película no podía continuar. El puesto de jefe de utilería de Bill ya no era necesario. La muerte del protagonista significaba que no iba a haber película, al menos no de momento.

Arianne temblaba y sollozaba.

—¿Cómo ha podido pasar? Hace un minuto Dirk estaba corriendo y lleno de vida. Un minuto después está muerto.

La coincidencia era preocupante. Primero Rose Lamont, la esposa de Dirk y coprotagonista, y ahora Dirk. Si bien Rose había muerto supuestamente por un aneurisma cerebral, parecía demasiada coincidencia que una pareja casa en la flor de la vida mueran con un día de diferencia. ¿La muerte de Dirk había sido una trágica coincidencia o alguien los quería a ambos muertos?

Un arma cargada y balas reales en lugar de balas de fogueo implicaba que alguien había manipulado las armas. Sin embargo, Bill insistía en que las había revisado todas y yo le había visto entregar las armas. Aparte de las docenas de testigos, todo había sido grabado con las cámaras. Bastaría con revisar las imágenes para identificar al asesinado.

Suponiendo que fuera un asesinato, ¿por qué cometerlo a plena vista ante tanta gente? El asesino era extremadamente descarado o increíblemente estúpido. O posiblemente estaba tratando de inculpar a una persona inocente.

Se me formó un nudo en la garganta. Esperaba que mi intuición se equivocara.

CAPÍTULO 7

Cogí el móvil y marqué el número del sheriff Tyler Gates.

—Ven al set de la película ya. Han disparado a Dirk Diamond.

Multitud de miembros del elenco permanecían en silencio, aturdidos, todavía en semicírculo alrededor del cuerpo de Dirk Diamond. La noticia se había extendido rápidamente entre el equipo. Todo el mundo había regresado al set en silencio, aturdidos por la enormidad de lo que acababa de suceder. La realidad era que alguien le había disparado al protagonista y, en el proceso, había acabado con toda esperanza de pago para los demás. También eliminado cualquier posibilidad de que Westwick Corners se convirtiera en el Hollywood del norte pronto.

—Ya estoy aquí.

La voz de Tyler hizo eco cuando se dirigió hacia mí y hacia el cuerpo sin vida de Dirk que tenía a poca distancia. Tenía el rostro inexpresivo, excepto por los labios apretados.

—Amber me lo acaba de decir.

—¿La tía Amber? Supongo que las noticias vuelan. —Fruncí el ceño —. Creía que ya se había marchado del set.

Tyler me indicó con la cabeza que Amber se encontraba a pocos metros de distancia.

—Ha dicho que estaba aquí cuando ha pasado y que ha venido corriendo al ayuntamiento a buscarme.

Seguí a Tyler mientras caminaba hacia el cuerpo de Dirk. Llamó a la unidad de investigación desde su móvil. Westwick Corners era demasiado pequeño para tener su propio personal forense y de investigador, por lo que, como sheriff, tenía que confiar en la unidad de CSI de Shady Creek, a una hora de distancia. Tyler tendría que arreglárselas solo hasta que llegaran los refuerzos.

Me sentí aliviada y confundida por ver de nuevo a la tía Amber en el set.

—Supongo que estaba tan ocupada viendo el rodaje que no me he dado cuenta de que estaba aquí.

—Debe de haber sido un caos entre el rodaje y todo eso —dijo Tyler—. Cuéntame lo que ha pasado.

Le relaté lo que había visto.

—No he visto nada raro. La escena del tiroteo solo seguía el guion, excepto porque cuando terminó la grabación, Dirk Diamond no se levantó.

Bill se abrió paso frente a mí para llamar la atención de Tyler.

—Por si acaso alguien acusa, no he sido yo. No he matado a Dirk.

—Nadie ha dicho que lo hayas hecho. —Tyler se acarició la barbilla, pensativo—. ¿Por qué crees que sí?

—Porque alguien ha manipulado una de mis pistolas cargándola con balas de verdad. —Bill se llevó una mano al pelo de cortinilla que intentaba disimular su prominente calvicie—. No sé cómo ni cuándo, pero me quieren echar la culpa. Mis pistolas no estaban cargadas.

Tyler arqueó las cejas.

—¿Dónde estaba durante el tiroteo?

Bill puso expresión avergonzada.

—Fuera, fumando. Pero solo después de entregar las armas. Revisé personalmente todas las armas para comprobar que tuvieran balas de fogueo. Alguien debe haberlas manipulado.

—¿Hay testigos? —preguntó Tyler sacándose una libreta del bolsillo—. ¿Quién ha tenido acceso a las armas?

Bill miró a su alrededor con nerviosismo.

—Bueno, Pearl me ha estado ayudando.

—Aunque nunca ha tocado tus armas.

Fulminé a Bill con la mirada, enfadada por sus repetidas insinuaciones sobre la implicación de la tía Pearl. También me molestaba que ella hubiera decidido desaparecer, dejándome sola para defenderla.

De hecho, estaba tan enfadada con Bill por querer culpar a la tía Pearl que estuve tentada de lanzarle una maldición. Sin embargo, eso no cambiaría nada. En cualquier caso, solo sabía de magia blanca, por lo que lanzar una maldición me era imposible. Ojalá supiera algún hechizo para lanzar sobre toda esa gente. Si tal cosa existiera, la tía Pearl lo sabría.

Por otra parte, era irresponsable manipular una investigación criminal. Me pregunté quién tendría un motivo. Aunque casi todos odiaban a Dirk Diamond, era la única razón para su sustento. Con su muerte, todos salían perdiendo.

Al menos, todos los que conocía.

Volví la atención a Bill y Tyler. Su discusión se volvía más acalorada a cada momento.

—Solo quería decir que Pearl me ha estado ayudando en general —admitió Bill—. Comprobé las pistolas en el camión antes de traerlas al set. Adelante, puede buscar en mi camión, si quiere. No encontrará ninguna bala.

—Lo hare —dijo Tyler—. Mientras tanto, no vayas a ninguna parte. Necesitaré tomarte declaración cuando despeje la escena.

Tuvo la precaución de no decir escena del crimen, pero a juzgar por su expresión, ya había concluido que la muerte de Dirk no había sido un accidente.

—Oh, oh.

Miré al otro lado de la calle y vi al alcalde Brayden Banks caminando enérgicamente hacia nosotros. Parecía extrañamente fuera de lugar entre el equipo vestido de forma casual. Sus zapatos, sus pantalones e incluso su chaqueta oscura lucían un suave color beige por la polvorienta calle.

Lo último que quería Brayden Banks era una mala publicidad. Lo penúltimo que quería era que Tyler Gates mantuviera su puesto de sheriff. Tyler y yo llevábamos unos meses saliendo, desde que rompí mi compromiso con Brayden. En pueblo pequeño había pocas cosas más incómodas.

—Cen. —Brayden me saludó con la cabeza bruscamente antes de dirigirse hacia Tyler—. ¿Alguna pista, sheriff?

Brayden destacaba en Westwick Corners incluso sin el rodaje, pero la imagen de éxito que quería dar estaba cuidadosamente cultivada. Debería saberlo. Mi ex prometido siempre había pensado que estaba destinado a algo más grande que Westwick Corners.

—Acabo de llegar —dijo Tyler—. Los técnicos de Shady Creek están de camino.

—Genial. Necesitarás toda la ayuda que puedas conseguir.

La amenaza de Tyler no nos pasó desapercibida ni a mí ni a Tyler. Ser el alcalde de Westwick Corners era simplemente su trampolín para llegar más lejos. Al menos así era como Brayden veía el mundo. Cualquier obstáculo en su camino tenía que ser eliminado rápidamente.

La mirada de Brayden se desvió al cuerpo sin vida de Dirk y al set de rodaje. Hizo un gesto de limpiar con la mano derecha.

—Quiero todas estas cámaras fuera, todos los teléfonos móviles incautados. Los periodistas vendrán como moscas a la miel. No queremos que vengan un montón de medios que lo sensacionalicen todo.

El alcalde Banks no quería mala publicidad para Westwick Corners. No por el bien del pueblo, sino por el suyo propio. Haría todo lo necesario para ascender.

Tyler parecía tomarse bien la parsimonia de Brayden, pero yo estaba que echaba humo. Yo también era parte de la prensa. No sabía que era peor: si que Brayden se olvidara de que era periodista o que hablara de nosotros como insectos.

Tenía que controlarme. Tyler necesitaría mi ayuda para mantener su empleo. Brayden estaba preparado para aprovechar cualquier oportunidad para despedir a Tyler si la investigación no concluía rápidamente.

Brayden miró a su alrededor para asegurarse de que no había nadie cerca.

—Tienes hasta medianoche para encontrar y arrestar al asesino. Si no lo consigues, estás despedido.

CAPÍTULO 8

Los técnicos de Shady Creek llegaron en tiempo récord para procesar la escena mientras el médico forense examinaba el cuerpo de Dirk. Mientras la policía de Shady Creek brindaba asistencia CSI, el único personal investigador que había en lugar era Tyler.

Asesinato o no, nuestro pequeño pueblo no tenía presupuesto para más empleados, ya fueran contratados o prestados por Shady Creek. En parte era porque no nos lo podíamos permitir, pero se debía mayoritariamente un motivo más oscuro. Brayden Banks estaba intentado preparar el fracaso de Tyler, y no podía dejar que eso ocurriera.

Me volví hacia Tyler.

—No vas a confiscar todos los móviles como ha dicho Brayden, ¿verdad? Sé que es lo que quiere, pero eso empezaría una revuelta y le daría la publicidad que dice que no desea. Sería contraproducente.

Tyler negó con la cabeza.

—Solo hará que llamemos la atención. Pero tengo que evitar que interfiera. —Me guiñó el ojo—. Quizá me puedas ayudar un poco.

—Claro.

Nunca usaba la magia de forma frívola, pero si alguna ocasión lo justificaba, era esa. Centré la vista en mi ex prometido, pensando que no ocurría a menudo que lanzara dos hechizos en un mismo día. Miré a mi alrededor para asegurarme de que nadie nos oyera y me volví a centrar en Brayden.

Susurré el hechizo.

Números nublados, mente nublada.
Olvídalo todo, duerme, sueña.
Despertarás y no recordarás nada.
Ni preocupaciones, ni problemas.
Que los últimos diez minutos se esfumen ya.

Funcionó en Brayden igual que lo había hecho anteriormente con la tía Pearl. Me sentí orgullosa y culpable al mismo tiempo cuando observaba a Brayden marcharse. Cruzó la calle hacia el ayuntamiento rascándose la cabeza.

—Bien hecho, Cen.

Salté al escuchar la voz de la tía Pearl. No me había dado cuenta de que Steven y ella volvían hacia nosotros. A juzgar por la expresión despreocupada de Steven, desconocía lo que acababa de sucederle a Dirk.

—Tus lecciones están dando sus frutos —dijo en voz baja—. Después de todo, puede que sí seas una bruja.

La agarré el brazo cuando pasó.

—Tengo que hablar contigo. Dirk Diamond está muerto de verdad.

Señalé el cuerpo de Dirk, ahora cubierto con una manta.

La tía Pearl se giró para mirarme. Su rostro permanecía inexpresivo, por lo que no sabía decir si estaba bromeando o no.

—¿Qué demonios ve la gente en ese Dirk Diamond? Exagera tanto que ni siquiera parece real. Incluso su pose de cadáver parece falsa.

—No estamos en una clase de yoga, tía Pearl. Es real —dije—. Dirk está muerto de verdad.

—No me sorprende, con una actitud así. —La tía Pearl negó con la cabeza—. Esta película va a ser un fracaso en la taquilla.

—Espera, ¿he oído bien? ¿Dirk Diamond está muerto? —La cara de Steven palideció primero cuando me miró a mí y luego a la tía Pearl—. No puede ser verdad. Hemos rodado una escena hace tan solo unos minutos.

—Es exactamente en ese momento cuando ha pasado. Una de las armas estaba cargada con munición real.

Recapitulé lo que sabía.

Steven escuchó y ordenó sus pensamientos.

—¡Es imposible! No puede estar muerto. —Parecía que estuviera a punto de desmayarse—. Esto lo cambia todo.

Luché contra el impulso de ir a buscar a la tía Amber. Lo que acabábamos de presenciar había sido un horrible accidente o un asesinato. Los minutos siguientes era críticos para la obtención de pruebas y testimonios de testigos. Era un trabajo para Tyler y la policía de Shady Creek, pero yo tenía que evitar que la gente se marchara.

La tía Pearl no parecía afectada. Pasó por mi lado y se dirigió directamente a Bill, que seguía alrededor de sus cajas y accesorios.

Tyler no era el único con mucho trabajo por delante.

La seguí y la agarré del brazo antes de que pudiera molestar a Bill.

—¿Has visto a la tía Amber?

Se me pasó por la cabeza que no sabía qué era real y qué era magia. Sabía que la tía Amber había usado la magia para llevar la película a Westwick Corners. ¿Podría haber llegado tan lejos?

Cabía la posibilidad, aunque fuera remota, de que el disparo de Dirk no fuera real. Pero en el fondo, sabía que no era el caso. La tía Amber siempre seguía las reglas y lo hacía todo al pie de la letra. Al menos, casi siempre. Aunque hubiera usado la magia para traer el rodaje al pueblo, no había interferido cuando Steven la despidió. No había usado los poderes para recuperar su trabajo y definitivamente no los usaría para matar a alguien.

Aun así, tenía que encontrarla. Tal vez hubiera algún modo de revertir la tragedia.

—La última vez que vi a Amber estaba por los camiones —dijo la tía Pearl—. Supongo que ahora nadie tiene trabajo.

Volví mi atención a la escena. Habría cerca de cincuenta personas merodeando a nuestro alrededor. Los ánimos eran sombríos. Aunque todos estaban en estado de shock, nadie parecía devastado, ni siquiera sorprendido por la muerte de Dirk. Eso me extrañaba, ya que todos habían trabajado juntos durante años en numerosas películas.

—¿Cómo es posible?

Una capa de sudor se formó en la frente de Steven Scarabelli.

—No puedo creerlo. Está realmente muerto. —Rick Mazure negó con la cabeza mirando al cuerpo de Dirk—. Se ha ido, sin más. ¿Qué hacemos, Steven?

—Ya pensaremos algo —dijo Steven, aunque no parecía muy convencido.

Arianne estaba histérica.

—¿Qué ha pasado, Bill? ¿No has comprobado las armas antes de repartirlas? Esa pistola tenía una bala de verdad. Cualquiera de nosotros podría haber resultado herido.

—No puede haber sido ninguna de mis armas —dijo Bill—. Solo tenían balas de fogueo.

—No estoy seguro de lo que vamos a hacer con Dirk. —Rick se puso en pie—. No puedo sacarlo del guion exactamente. Es la estrella.

—Tiene que haber algún modo de arreglarlo. ¿Tal vez empalmar la película con tomas antiguas?

Arianne se volvió hacia Bill.

—Esta vez la has jodido, Bill. Las armas vinieron de ti y de nadie más. ¿Cómo podrías no saber que una de las pistolas tenía una bala real? ¿No las compruebas antes de repartirlas?

La tía Pearl abrió la boca, sorprendida.

—Oh, oh.

Me giré para enfrentarla.

—¿Qué has hecho?

¿Y si el disparo mortal había sido consecuencia de un hechizo que había salido terriblemente mal? La tía Pearl no era de las que admitían sus errores, ni siquiera por algo tan trágico como un tiroteo accidental. Brujería o no, lo más probable era que Bill fuese despedido. La tía Pearl deseaba su trabajo, lo que sería un desastre en ciernes.

Excepto que sin Dirk no había película, así que ¿cuáles eran las posibilidades de que la tía Pearl consiguiera lo que quería?

Cero.

—No entiendo nada. Revisé armas.

Bill miró a la tía Pearl, pero permaneció en silencio. Parecía estar pensando lo mismo que yo: tal vez hubiera desviado la atención de la tía Pearl momentáneamente mientras vigilaba las armas. O quizá la tía Pearl hubiera tenido un desvío moral.

Bill comenzó a sudar y Arianne buscó una silla cercana y se sentó. Lloraba silenciosamente con la cabeza entre las manos. Steven y Rick estaban juntos a pocos metros de distancia. Rick me daba la espalda, pero por la expresión de pánico de Steven comprendí que estaban discutiendo qué hacer a continuación.

El resto del elenco y el equipo estaba a pocos metros de distancia, formando pequeños grupos y hablando en voz baja. Sus voces llegaban hacia nosotros, especulando sobre lo que acababa de ocurrir y lo que pasaría a continuación.

Dirk Diamond era popular en las pantallas, pero parece ser que tenía más enemigos que amigos. Sin embargo, todos los presentes dependían de él para su sustento, así que no tenía sentido que ninguno de ellos lo matara. Su aparición era el único gancho para que la película triunfara. Lo que debería haber sido una secuela rápida se había paralizado. Sin Dirk, la película no triunfaría, lo que convertía a todos los presentes en improbables culpables. Si alguien lo quería muerto, ¿por qué no esperar a que terminara la película? Además, eso habría significado tener muchos menos testigos.

Tyler señaló la lona que cubría media docena de mesas cerca de la gastroneta.

—Necesito que todos limpien el set. Siéntate allí, Cen, y asegúrate de que no se marcha nadie. Les tomaré declaración a todos en unos minutos.

Asentí, aunque Steven ya había ordenado al elenco y el equipo que lo siguieran. Se congregaron alrededor de las mesas con todos los ojos dirigidos hacia nosotros. A esas alturas, la mayoría de la gente había entendido la gravedad de la situación. El resto de los actores de la escena del robo parecían aturdidos, ya que podrían haber sido ellos quienes hubieran recibido el disparo fatal.

Yo seguía convencida de que la bala estaba destinada a Dirk desde el principio. Pero ¿cómo demostrarlo?

Bill permaneció en el set.

—No se os ocurra culparme de esto. Todas mis armas tenían balas de fogueo. Las comprobé todas antes de entregarlas, como siempre hago.

—¿Qué quiere decir, Bill? ¿Insinúa que yo cargué esas armas?

La tía Pearl mostraba una pose desafiante con las manos en las caderas.

—Es demasiado pronto para sacar conclusiones.

El rostro de Tyler permanecía inexpresivo mientras estudiaba el revestimiento del proyectil.

—Alguien tenía un arma cargada. Ya fuera de sus pistolas de utilería o un arma que alguien ha traído al set. ¿Seguro que las ha comprobado todas?

—Claro que estoy seguro. Ni siquiera tengo balas. —Bill señaló el material de utilería con la mano—. Adelante, revise todas mis cosas. Las armas están en una cajita dentro de la caja grande de madera de allí.

—Lo haré en breve.

Bill exhaló, visiblemente aliviado. Miró hacia la gastroneta donde esperaban todos los demás.

—Vale. Voy a tomarme un café.

La tía Pearl señaló a Bill mientras caminaba con dificultad hacia el remolque.

—No es muy bueno ordenando sus trastos.

Bill se dio la vuelta.

—La he oído. Precisamente usted no debería andar haciendo acusaciones, Pearl.

Tyler levantó la mano.

—No se vaya lejos, Bill. Tengo preguntas sobre las armas.

—Dispara —dijo la tía Pearl levantando la mano—. Puedo

responder a sus preguntas. A diferencia de Bill, yo he estado aquí todo el tiempo.

—Le he preguntado a Bill. Me pondré con usted después.

Tyler frunció el ceño mostrando una expresión de frustración. Ya tenía bastantes problemas como para que encima se entrometiera la tía Pearl.

Miré a la tía Pearl, enfadada por su contestación. No había estado todo el tiempo junto al decorado como afirmaba. La había visto alejarse del set con Steven antes de que se escucharan los disparos. Claramente, estaba mintiendo, aunque no podía decir exactamente cuándo se había ido.

Tyler nos indicó que le siguiéramos y nos dirigimos al área de trabajo de Bill. Señaló la caja que Bill le había indicado.

—Está cerrada. ¿Tienes llave?

Suspiré aliviada. La cerradura descartaba a la tía Pearl. A menos que tuviéramos en cuenta que podía haber usado la magia, pero no tenía motivos para matar a una estrella que ni conocía.

Bill asintió. Se sacó un llavero del bolsillo delantero y se lo tendió a Tyler.

Tyler abrió la caja con una mano enguantada. Abrió la caja de madera y miró dentro. Sacó otra caja más pequeña, también cerrada.

—Prueba la llave pequeña dorada —explicó Bill.

Tyler abrió la caja y miró en su interior. Era de terciopelo rojo con seis moldes en forma de armas.

—Hay sitio para seis armas, pero se solo se han usado cinco.

—Estaba así cuando repartí las pistolas —dijo Bill—. Faltaba una.

—Podrías haberlo dicho antes. —Tyler cogió una de las armas del caso y la giró en la mano examinándola atentamente. Miró las balas y repitió el proceso con todas y cada una de las armas—. Como has dicho, no están cargadas.

Bill exhaló, visiblemente aliviado.

—Alguien ha traído su propia arma.

—¿Quién tiene la llave de esta caja? —preguntó Tyler.

—Solo Steven y yo. La suya es solo por precaución, por si se perdiera la mía.

Bill asintió mirando hacia Steven y los demás.

—No me sorprendería que la perdiera —espetó la tía Pearl—. Parece que no puede vigilar nada, ni armas ni llaves.

—Centrémonos —dije.

La tía Pearl podía desviar fácilmente la investigación y no teníamos tiempo para eso.

Bill maldijo entre dientes.

—Se supone que usted estaba vigilando, Pearl. Es tan culpa suya como mía.

Tiré de la tía Pearl justo cuando abrió la boca para responder.

—No es momento de discutir, tía Pearl. Deja que tenga la última palabra.

Se deshizo de mi agarre y le mostro el puño a Bill.

—No pienso ir a la cárcel por el error de ese hombre.

—Nadie va a ir a la cárcel.

Fue como ver la acumulación de cincuenta vehículos en la carretera interestatal un segundo antes del impacto. Saber que el desastre estaba a punto de ocurrir y no poder hacer nada para impedirlo. Excepto que era una bruja. Igual sí que había algo que pudiera hacer.

CAPÍTULO 9

Me inquietaba toda la gente moviéndose de un lado a otro y tocando cosas. Tyler no podía controlarlo todo, ni siquiera con mi ayuda. Así que hice lo que haría cualquier novia en pánico: encargarme de la situación.

Las circunstancias no me dejaron más remedio que lanzar un hechizo de congelación.

Cerré los ojos y murmuré las palabras que recordaba haber leído en Perlas de Sabiduría, el gigantesco libro de hechizos de la tía Pearl. Lamenté profundamente no haberlo estudiado mejor y esperaba no haber empeorado las cosas más aún.

La falta de confianza en mis habilidades para lanzar hechizos había creado mini desastres con hechizos que habían salido mal, principalmente debido a mi tendencia a pensar demasiado. De hecho, mis hechizos solo funcionaban en este tipo de situaciones, cuando se necesitaba una acción rápida. Simplemente no tenía tiempo para penármelo, aunque parecía imprudente usar mis poderes sobrenaturales sin pensar las cosas.

Abrí los ojos lentamente, ansiosa y esperanzada al mismo tiempo. ¿Qué pasaría si me equivocaba en una palabra? Para mi sorpresa, el hechizo funcionó.

Todos, incluyendo la tía Pearl, habían quedado congelados. El uso de la magia era el último recurso, pero sentí que estaba justificado. Tenía que hacer que Bill y la tía Pearl dejaran de pelear para poder continuar la investigación.

Había lanzado más hechizos en un solo día que en todo un año, y aun no era mediodía. Si no hubiera ocurrido una tragedia, me habría tomado un momento para celebrar mi logro sobrenatural. Pero me di cuenta horrorizada de que no había tiempo para regodearse.

La tía Pearl ya estaba saliendo del hechizo. No había sido tan efectivo en ella como en el resto de la gente.

Se rascó la cabeza, confundida, como si acabara de despertar en un lugar extraño. Sus ojos se cruzaron con los míos.

—¿Qué diablos pasa? ¿Acabas de...?

—¿Hechizarte? Sí. Lo siento, pero no me has dejado elección.

Miré a mi alrededor, agradecida por que las otras cincuenta personas siguieran congeladas en el sitio. Los hechizos funcionaban de manera diferente según la persona y, de algún modo, la tía Pearl había desarrollado tolerancia. Probablemente por las constantes prácticas de la tía Amber con ella cuando eran pequeñas. La tía Pearl hizo una mueca como si hubiera probado algo ácido.

—Supongo que al fin y al cabo sí que has aprendido algo de mí.

La magia sin práctica podía tener serias repercusiones. Un hechizo fallido ya era bastante malo, pero peor aún eran las consecuencias indeseadas. No siempre se podían deshacer. Por ese motivo siempre dudaba a la hora de usar la magia.

La tía Pearl, ya despejada, dio palmadas de alegría mientras observaba al resto de la gente congelada en sus acciones.

—¡Bien hecho, Cen! ¿Ves cómo es posible cuando lo intentas?

—Dejemos clara una cosa. Tienes que dejar de lado tu discusión con Bill, ¿de acuerdo? Deja que el sheriff haga la investigación y te absolverá. No es necesario pelearse con Bill.

—¿El sheriff Gates? —resopló la tía Pearl—. Me tiene manía. Está a punto de culparme, así que me tengo que defender.

Miré a Tyler que permanecía inmóvil junto a Bill.

—Esto te supera, tía Pearl. Por favor, coopera por una vez. Por el bien del pueblo.

Vi algo de movimiento por el rabillo del ojo. Algunos habían empezado a moverse, incluyendo a Bill. El hechizo se había roto.

Bill sacudió la cabeza y miró a su alrededor, confundido, antes de volverse hacia Pearl.

—Sí… un desliz más y haré que te echen del set.

—¿Ah, ¿sí?

La tía Pearl se plantó a pocos centímetros de Bill, con las manos descansando sobre sus caderas huesudas.

La fulminé con la mirada.

—Tía Pearl, no hay tiempo…

—Vale, eso es todo. —Dijo Bill con el rostro enrojecido—. Estás despedida. Sal de aquí ya.

La tía Pearl maldijo entre dientes.

—Me contrató Steven. Tú no tienes autoridad para…

—Parad los dos —interrumpí bruscamente—. Nadie va a ninguna parte hasta que el sheriff lo diga.

Sentí una gran cantidad de miradas puestas sobre mí y me di cuenta de que todos estaban conscientes de nuevo. Y había sobrepasado mi autoridad.

Tyler nos miraba con expresión confundida.

—¿Me he perdido algo? Creía que estábamos hablando de las armas.

Me volví hacia él y me encogí de hombros.

—Nos hemos desviado un poco.

Pero Tyler no escuchaba. Colocó la caja de pistolas en la mesa de Bill, se inclinó y metió las manos en el interior.

—Un momento. Hay algo más aquí en el fondo. ¿Por qué no estaba esta pistola en su sitio?

Sostenía un arma idéntica a las otras.

Bill frunció el ceño.

—Es la pistola que había perdido. ¿Cómo ha vuelto a la caja? Antes no estaba ahí.

—¿Seguro? —preguntó Tyler frunciendo el ceño—. Me preocupa

que no mencionaras la pistola desaparecida la primera vez que pregunté.

—No creía que fuera un problema porque los actores suelen coger mis cosas cuando las necesitan. Seguro que alguien tiene una copa de mis llaves. Siempre me faltan cosas, así que no me extrañó que faltara una pistola. A veces es imposible hacer mi trabajo. —Negó con la cabeza mientras señalaba el arma—. Déjame verla.

Tyler la apartó de su alcance.

—Puedes verla, pero no tocarla. No quiero destruir ninguna prueba.

Bill dejó caer la mano y entrecerró los ojos ante la pistola.

—Es mi pistola. Tiene mi grabado en el cañón. No sé cuándo han podido volver a meterla en la caja.

Estaba pálido y sudaba visiblemente.

—Puede que la dejaras en la caja y se te olvidara. —Tyler olfateó el cañón—. El problema es que ha sido disparada hace poco.

Bill se rascó la cabeza.

—No es posible. He vaciado la caja grande esta mañana buscando la pistola que faltaba. Definitivamente no había ningún arma, porque lo he comprobado dos veces. Tampoco estaba en la caja de armas de mi camión por lo que tiene que haberla cogido alguien antes de empezar el rodaje.

—Quizá la pasaras por alto. —Tyler entornó los ojos—. ¿Dónde estabas cuando empezó el tiroteo?

—Aquí —dijo Bill—. Acababa de repartir las armas e iba a guardar la caja.

—¿Seguro que no la has dejado desatendida en ningún momento? ¿Ni un minuto?

—Bueno… solo cinco minutos cuando he salido a fumar. Pero Pearl ha estado aquí todo el rato, ¿verdad, Pearl?

La tía Pearl asintió.

—No me he apartado del decorado. Y no he visto a nadie.

Bill señaló a la gastroneta.

—Tengo que hablar con Steven. Ven a buscarme si me necesitas.

Tyler, la tía Pearl y yo observamos en silencio mientras se alejaba.

Tyler se volvió a la tía Pearl.

—¿Ha visto u oído algo fuera de lo normal durante el rodaje, Pearl? ¿Alguien en el set además de los actores?

—No. Excepto por Steven paseándose por el decorado. —Frunció el ceño—. Parecía que estuviera esperando a que me marchara o algo. Se le veía nervioso.

—¿Qué? —Tyler sacó la libreta—. ¿Cuándo ha estado Steven aquí?

—Mientras rodaban la escena. —La tía Pearl me miró—. Cen también ha estado aquí.

—No he visto a Steven por aquí. Cuando lo he visto estaba allí. —Señalé hacia donde Steven y la tía Amber habían estado un rato antes —. Él y Amber habían discutido antes del tiroteo.

—¿Estaban todavía allí cuando sonaron los tiros? —preguntó Tyler.

Asentí y después negué.

—No estoy segura. Definitivamente he visto a la tía Amber marchándose del set. En cuanto a Steven, no estuve mirando todo el rato. No recuerdo haberlo visto irse hasta después, cuando lo vi marcharse con la tía Pearl. —Miré a mi tía en busca de confirmación —. Cruzaron la calle.

La tía Pearl asintió.

—Justo después Steven vino a donde estábamos Cen y yo con los decorados.

—Eso no lo recuerdo —dije negando con la cabeza—. Solo te he visto a ti. Seguro que me habría dado cuenta si hubiera estado Steven. Definitivamente no vi a nadie abrir ni cerrar la caja.

El relato de la tía Pearl no encajaba con mi memoria. ¿Se equivocaba o lo hacía deliberadamente para desviar la investigación de Tyler?

La tía Pearl pareció leer mis pensamientos y me apunto con su dedo índice:

—Estabas demasiado ocupado viendo la escena. Al menos habrás visto el tiroteo, ¿o estabas demasiado ocupada soñando con ese novio tuyo?

Una leve sonrisa se dibujó en los labios de Tyler.

—Volvamos a lo que importa. ¿Puedes recrear la escena para mí, Cen? ¿A quién se enfrentaba Dirk?

—No lo sé... ha ocurrido todo muy rápido. Había una nube de polvo y demasiada gente como para poder ver algo —dije—. Quizá se vea en las imágenes de la película.

—Buena idea —reconoció Tyler—. Lo comprobaremos.

—¿No vas a arrestar a Steven? —protestó la tía Pearl—. ¿O a Bill? Creo que están compinchados.

La tía Pearl odiaba tanto al sheriff Tyler Gates que intentaba hacerle fallar constantemente. Quizá fuera eso lo que intentara en ese momento. Pero no era ni el momento ni el lugar. Un hombre acababa de morir y su asesino andaba suelto.

—Todavía es pronto para eso. Aún estoy recogiendo las pruebas. —Tyler se volvió hacia mí—. ¿Qué más has visto?

Miré hacia las mesas de catering y vi a Steven entre la multitud. Estaba hablando con dos cámaras, pero no paraba de lanzarnos miradas.

Conté lo que vi.

—He visto la escena, pero me distraje con Steven y la tía Amber discutiendo al otro lado del set. —Señalé con la mano al lugar donde estaban—. He oído disparos, pero no he sospechado nada hasta que he visto que Dirk no se levantaba. Simplemente he pensado que serían parte de la película.

—¿Cuántos tiros han disparado? —preguntó Tyler.

—No me acuerdo... Puede que una docena. —Me sonrojé, sorprendida porque un hombre hubiera muerto delante de mis narices y no recordara los detalles más básicos—. ¿Eso importa? Quiero decir, casi todas eran balas de fogueo.

Me sobresalté cuando oí una voz femenina a mi lado.

—¿Puedo volver ya a mi camerino?

La máscara de pestañas de Arianne corría por sus mejillas. Temblaba descontroladamente, a pesar del tiempo cálido.

—Tengo que hacerle unas preguntas antes de que se vaya —dijo Tyler—. ¿Ha notado algo fuera de lo normal en la escena?

Arianne negó con la cabeza.

—No en el set. Pero Bill no me ha dado el arma que me tenía que haber dado. Tuve que venir aquí a por ella en el último momento.

Tyler arqueó las cejas.

—¿Dónde?

—A la caja de utilería. —Bajó la voz—. Bill no es de fiar. Siempre está buscando escaparse para tomar una copa y yo estaba enfadada porque aquí no hubiera nadie. He tenido que cogerla yo misma.

—¿La caja estaba abierta? —se extrañó Tyler.

Arianne asintió.

—A menudo lo está.

Bill, que había vuelto unos segundos antes, maldijo por lo bajo.

Miré a la tía Pearl, alarmada. Alguien no estaba diciendo la verdad.

—Tía Pearl, ¿seguro que has estado aquí todo el tiempo?

La tía Pearl puso los ojos en blanco.

—Vale, igual me fui un minuto. Bill me ha llamado desde su camión. Me ha dicho que buscara una montura que había olvidado por algún lugar del set.

Eso debió de haber pasado antes de mi llegada. Sin embargo, había visto a Bill repartiendo las armas. Me volví a Arianne.

—¿Cuándo has cogido la pistola?

Arianne fulminó a Bill con la mirada.

—Solo un minuto antes de empezar a rodar. Me he dado cuenta de que todos tenían la suya menos yo, así que he venido a por ella. Supongo que Bill se ha olvidado de mí, como de costumbre.

Bill negó con la cabeza.

Si Arianne se dio cuenta, no dio muestras de ello.

—La he cogido de la caja y me he apresurado para ir a mi sitio, entonces rodamos la escena. —Abrió la boca de golpe—. ¿He disparado yo la bala que ha matado a Dirk?

Tyler no respondió. En lugar de eso, se volvió a Bill.

—¿Es eso cierto? ¿La caja estaba abierta?

—Si lo estaba, no es mi culpa, es de los malditos cambios de guion. No solo quería cambiar los cuchillos por pistolas, sino que añadía un caballo. ¿Puedes creerlo? Un caballo. Tenía que buscar una montura de la época y un caballo antes de la próxima escena. Y aun así se me culpa de todo lo que sale mal por aquí.

—Deja de culpar a todos los demás, Bill. —Arianne le mostró el puño—. Solo te encargas de la utilería. ¿Tan difícil es eso?

Bill puso los ojos en blanco.

—Cuando he descubierto que faltaba una pistola, no tenía tiempo de hacer nada más. He supuesto que nadie lo iba a notar con toda la acción.

Arianne se enfadó.

—¿Y has asumido que yo era menos importante que el resto?

Bill la ignoró.

—Conociendo a Dirk, probablemente iba a haber otro cambio de guion. Lo único que no entiendo es cómo han vuelto a dejar la pistola en la caja sin que nadie se diera cuenta.

Tyler me miró fijamente.

Estaba pensando lo mismo que yo.

Bill, Arianne, la tía Pearl o quizá los tres, mentían.

El rodaje de la película y la fortuna que conllevaba estaban a punto de esfumarse. Y lo único que podía impedirlo era la verdad.

CAPÍTULO 10

Tyler necesitaba mi ayuda, lo supiera no. Casi seguro que la magia había estado involucrada en al menos uno de los acontecimientos. Y me preocupaba que la tía Pearl hubiera manipulado las armas de algún modo. Intencionalmente o no, había tenido graves consecuencias. ¿Y si sus acciones entorpecían la búsqueda del asesino?

O peor. ¿Y si sus acciones habían causado la muerte de Dirk en primer lugar?

Miré hacia Tyler que estaba sentado frente a uno de los camarógrafos, un hombre corpulento de cabello canoso de unos cincuenta años. Cada entrevista solo parecía resaltar las discrepancias sobre las armas. En lugar de nuevas pistas, todos los testimonios parecían remitirse a Bill, la tía Pearl y sus conflictivas declaraciones. No habíamos avanzado nada.

Forcé los oídos y capté fragmentos de conversación mientras el hombre relataba los momentos anteriores al tiroteo y Tyler tomaba notas. Había completado las entrevistas preliminares con la mayoría del elenco y del equipo, solo le quedaban unos pocos miembros del reparto para dar su testimonio.

El área de delante del banco donde habían disparado a Dirk estaba acordonada con cinta amarilla de la policía. A Arianne le habían permitido regresar a su camerino. La mayoría de los testigos a los que había interrogado Tyler la situaban en escena, pero detrás de Dirk. La trayectoria de la bala indicaba que ella no podría haberle disparado en el pecho. Si bien nadie había sido descartado por completo, eran varios los testigos que confirmaban la ubicación de Arianne en el set. La bala mortal no había sido disparada por su arma.

La voz de la tía Pearl se elevó desde donde se encontraba a pocos metros de distancia.

—¿Por qué no le ha dicho a nadie lo de la pistola que faltaba, Bill? Si quiere mi opinión, le hace parecer sospechoso. Puede que usted haya matado a Dirk y lo esté encubriendo.

—Nadie le ha preguntado —espetó Bill.

—Bueno, es hora de que alguien lo haga —resopló la tía Pearl—. Si me pregunta, el sheriff Gates está desperdiciando un tiempo maravilloso. Usted mismo me ha dicho que no soportaba a Dirk Diamond. Y eso no se lo ha dicho al sheriff. ¿Esconde algo, Bill?

—No sea ridícula. Admito que odio a Dirk, sobre todo el modo en que atormentaba a Steven. Pero matarlo es como matar a la gallina de los huevos de oro. Nos deja a todos sin trabajo. —Alzó las manos en el aire—. No soy ninguna excepción, todos lo odiamos. Pero sin estrella no hay película.

—Seguro que puedo encontrar algún nuevo talento. Un actor desconocido que no pida la luna —dijo la tía Pearl—. Aunque tendría que pagarle por el peligro que conlleva rodar esta película. Al parecer los actores son bastante prescindibles hoy en día.

En eso estaba de acuerdo con la tía Pearl. Tanto la muerte de Rose Lamont como la de Dirk Diamond eran, cuanto menos, sospechosas.

Bill resopló.

—Todo este rodaje estaba desorganizado. Primero cambiamos de ubicación en el último momento y luego se reescribe todo el guion. No mencioné que faltaba una pistola porque los actores suelen estar por encima de la ley. Aquí nadie sigue nunca las reglas.

Me sorprendió que nadie hubiera explicado por qué la ubicación del rodaje hubiera cambiado de Hollywood a Westwick Corners. Si bien no creo que afectara a los asesinatos, era más fácil hacerlo en un pueblo pequeño.

—Cambiar de cuchillos a pistolas parece un cambio de guion importante. ¿Las reescrituras suelen ser tan significativas? —pregunté.

Bill puso los ojos en blanco.

—Dirk cambia cosas todo el tiempo. Pero si me quejo me culpan. Nunca digo nada porque he agotado todos mis favores en este mundillo y no puedo permitir que me despidan. Steven es mi última oportunidad para conseguir un empleo. Es el único dispuesto a contratarme.

—Entiendo que sea su última oportunidad —dijo la tía Pearl—. Steven tiene buen corazón. Nadie más le aguantaría tanto tiempo. Siempre se está escabullendo para beber.

—Fui a fumar. Más acusaciones de ese tipo y la despediré. Solo la tolero como un favor a Steven.

La tía Pearl resopló.

—Más bien soy yo quien le está haciendo el favor. Yo borracha aún sería mejor que usted sobrio. Seguro que puedo hacer un mejor trabajo.

Era discutible porque la tía Amber había hecho que Steven contratara a Pearl. En el improbable caso de que la película continuara, supuse que la tía Pearl también perdería su empleo, ya que la tía Amber no se hablaba con Steven.

Bill levantó las palmas de las manos como para repeler a la tía Pearl.

—Ni lo piense o haré que se arrepienta.

—¿Me está amenazando?

La tía Pearl tenía una pose desafiante con las manos en las caderas.

—Tía Pearl, basta.

—Será mejor que crea que la estoy amenazando. —Bill levantó el puño en dirección a la tía Pearl— Y que se vayas antes de abra fuego con una de estas pistolas.

De pronto, un muro de llamas de tres metros se alzó ante nosotros. Me protegí los ojos de la luz cegadora mientras el calor me quemaba la piel. Me aparté hacia detrás.

—¿Qué narices...? —Bill se alejó de las llamas—. Es peor de lo que pensaba. Va a matarnos a todos.

—Usted eres el que ha dicho fuego. Solo sigo sus indicaciones. —La tía Pearl pestañeó—. Tendría que ser más específico.

Bill se abalanzó sobre la tía Pearl con el rostro rojo de ira.

Lo bloqueé justo a tiempo.

—Parad los dos y ayudadme a apagar el fuego. —El sudor corría por mi cara a causa del calor. Cogí la caja de pistolas y la aparté de las armas—. No es momento para trucos, tía Pearl. Tus efectos especiales y tus días como ayudante de cine han terminado oficialmente.

—Pero soy muy buena —dijo haciendo pucheros.

—Apágalo ya.

No podía deshacer el hechizo de otra bruja. Podía lanzar uno nuevo, pero en el calor del momento mi mente se quedó en blanco.

—¿Quieres que use los poderes?

Antes de que pudiera responder, Tyler cogió una de las grandes botellas de agua y la vació sobre las llamas. Todos tosimos por el humo cuando el fuego se extinguió.

—Gracias —dijo Bill.

Tyler negó con la cabeza y volvió al hombre que estaba interrogando.

La tía Pearl nos estaba metiendo en un agujero más profundo. Esperaba que Brayden no hubiera visto las llamas desde el ayuntamiento de enfrente de la calle. Steven Scarabelli probablemente se estuviera arrepintiendo de haber puesto un pie en nuestro pueblo y nunca volvería.

—Apártese y alégreme el día, Bill. No me importa que me despida. Voy a abrir mi propia empresa de efectos especiales y me voy a asegurar de que nunca vuelva a trabajar en este pueblo.

—Por mi bien —resopló Bill—. No puedo esperar a marcharme de este pueblucho. Pero antes de eso, me aseguraré de crearle un mal nombre. Nadie en la industria cinematográfica querrá trabajar nunca con usted, se lo aseguro.

—Será mejor que esta noche se cierre la puerta —dijo la tía Pearl sonriendo con picardía—. Por otro lado, no se moleste, tengo la llave de su habitación. Aunque no es que necesite llaves para entrar a ningún sitio.

—¿Qué se supone que significa eso? —El rostro de Bill se enrojeció —.Es usted la que ha manipulado mis accesorios, ¿verdad? ¡Lo sabía!

—Tía, Pearl, déjalo. —La aparté de un tirón y susurré—: ¿Te das cuenta de que te estás incriminando?

Quitarle a la tía Pearl las llaves de las habitaciones no sería suficiente para mantener a salvo a Bill en el hostal. Tenía que distraerla de algún modo para que olvidara su enemistad con él.

—Necesito tu ayuda.

Su labio inferior sobresalía en un puchero.

—La gente dice que necesita mi ayuda, pero luego es aburrido. Amber me puso con Bill a propósito, para mantenerme fuera de camino.

—Por eso exactamente te necesito. Quiero que hables con la tía Amber y descubras que tipo de hechizos ha usado para la película.

Miré a Tyler. No querría la ayuda de mi familia porque mis tías eran un imán para los problemas. Pero lo que no sabía es que lo llevaría a un problema aún mayor con el alcalde Brayden Banks.

—¿Por qué molestarse? Ya tienes la pistola humeante —dijo señalando a Bill—. Sabemos que Bill es tan culpable como el pecado. Es demasiado incompetente para cubrir sus huellas y su culpabilidad.

Bill, que estaba demasiado lejos para oírnos, parecía entender por dónde iba la conversación. Señaló a la tía Pearl.

—Es cierto que Bill es un mentiroso y no es muy bueno en su trabajo. Su historia es sospechosa, pero es más una pistola lenta que humeante. Déjame a mí esa parte. Necesito tu experiencia para algo más. ¿Por qué ha traído la tía Amber *Atraco a mediodía* a Westwick Corners en primer lugar?

—¿Quieres que investigue a mi propia hermana? No soy Gran Hermano. Ni Gran Hermana.

La tía Pearl hizo el gesto de comillas con los dedos.

—¿Quieres que lo haga otra persona?

La tía Pearl negó lentamente con la cabeza mientras se iba dando cuenta de la situación.

—Dudo que la magia matara Dirk. Pero incluso si Amber hubiera cometido un error, sé que nunca lo haría con la intención de matar.

—No sé lo que ha pasado ni a quién culpar, pero sé que la magia hizo que la película se rodara aquí. Hay que separar la realidad de los montajes, de lo contrario, la investigación podría ir en la dirección equivocada.

—Quieres decir que el sheriff Gates podría ir en la dirección equivocada —resopló la tía Pearl—. El sheriff no vería al asesino ni aunque lo tuviera delante de las narices. ¿Por qué debería ayudarlo?

—Hazlo por mí, tía Pearl. —Le apreté el brazo con más fuerza de la necesaria—. Y date prisa. No hay tiempo que perder.

Solo esperaba que no fuera demasiado tarde.

CAPÍTULO 11

Tyler y yo vimos a la tía Pearl desaparecer calle abajo en busca de la tía Amber. Acababa de marcharse cuando vimos a Brayden Banks dirigirse a nosotros con el rostro rojo de ira.

—Oh oh. —Los ojos de Tyler buscaron los míos—. Problemas a la vista.

Asentí cortésmente hacia Brayden, pero evitó cuidadosamente mi mirada.

Habían pasado meses desde la ruptura, pero en un pueblo tan pequeño seguía siendo una situación incómoda. Nos encontramos constantemente por mucho que intentemos evitarnos. Además de que mi nuevo novio era un subordinado de Brayden. Si era difícil para mí, aún peor era para Tyler.

Brayden exploró el set antes de mirar a Tyler de arriba abajo.

—Encontrar al asesino de Dirk Diamond es la prioridad. Deja todo lo demás y céntrate en eso. Lo necesitamos resuelto para ayer.

—Estoy en ello —dijo Tyler.

Brayden negó con la cabeza lentamente como un padre decepcionado por un hijo irresponsable.

—No veo que las cosas avancen por aquí. No sabes ni por dónde empezar, ¿verdad?

—En realidad tenemos algunos indicios…

—¿Indicios? —gruñó Tyler—. A estas alturas ya deberías tener al asesino.

La única motivación como alcalde de Brayden Banks era hacerse un nombre para sí mismo y para Westwick Corners, en ese orden. El asesinato de una estrella de Hollywood era el billete, siempre que se resolviera el caso. Sin duda se llevaría todo el mérito.

Tyler se mantuvo firme.

—La autopsia se realizará mañana y hemos reducido la lista de sospechosos.

—¿Tengo que hacer su trabajo, sheriff Gates? Lo hizo Scarabelli, cualquiera se daría cuenta.

La media sonrisa de Brayden me dijo que, a pesar de las circunstancias, disfrutaba cada minuto que pasaba reprendiendo a Tyler en público.

Tyler abrió la boca, pero se lo pensó mejor.

—¿Lo has interrogado ya?

Brayden daba golpes con el pie, impaciente, mientras una fina capa de polvo cubría sus zapatos italianos de piel de becerro.

Tyler negó con la cabeza y habló en voz baja.

—Scarabelli es el siguiente de la lista.

Me sentí obligada a salir en defensa de Tyler.

—Ya tenemos la que es probablemente el arma del crimen. Los científicos aún tienen que examinarla.

—Nadie te ha preguntado —dijo Brayden bruscamente.

Tyler apretó los labios en una delgada línea mientras intentaba mantener el control.

—¿Por qué no has interrogado primero a Scarabelli? —Brayden frunció el ceño—. Se dice que él y Diamond han tenido problemas con el contrato. Por eso Scarabelli lo ha matado. No solo resuelve el problema, sino que recibe el dinero del seguro. Parece ser que no estabas al tanto de eso.

—¿Steven Scarabelli le puso precio a la cabeza de Dirk? No me lo creo.

Recordé que la tía Pearl había dicho que Steven estaba junto a la caja de decorados. Lo situaba en escena, aunque no lo había visto, y eso que estaba junto a ella. Nuestros testimonios visuales eran contradictorios. O una de las dos estaba equivocada o mentía.

Brayden negó con la cabeza.

—Eres un ingenuo. Scarabelli sabía que Dirk sería difícil, quizá incluso dejara la película. Hizo pólizas de seguro para los protagonistas. Mató a Dirk para conseguir el dinero del seguro. Además de no tener que aguantar a una estrella histérica, no tiene ni que terminar la película. Es su fondo de jubilación.

Recordé la repentina muerte de Rose Lamont. Quizá alguien quería a la pareja muerta, pero Steven Scarabelli no me parecía un sospechoso probable. Una secuela exitosa haría más taquilla que cualquier seguro. Era difícil trabajar con Dirk, pero para Steven era aún más difícil ganarse la vida sin él. No podía filmar la secuela sin sus estrellas. Era evidente que Steven amaba su trabajo. No me lo imaginaba haciendo nada que pudiera estropearlo. Además, todos parecían quererle.

Todos excepto Dirk.

Alguien jadeó a mi lado. Me volví para ver a la tía Amber. Estaba del brazo de la tía Pearl.

—¿Es cierto? ¿Dirk está realmente muerto? —Tenía los ojos rojos de llorar y la máscara de pestañas le resbalaba por las mejillas—. ¿Qué pasa con la película?

—El rodaje está en pausa por el momento —dijo Tyler—. Hay un asesino suelto.

La tía Amber se llevó una mano al pecho.

—Madre mía, como protagonista femenina es probable que sea la siguiente. Primero Rose y ahora Dirk. Necesito protección policial. ¡Mi vida corre peligro!

Brayden puso los ojos en blanco.

—Está a salvo, Amber —dijo Tyler—. Se lo prometo.

Brayden resopló, pero no dijo nada.

—Te han despedido, ¿recuerdas? Ya no eres parte de la película.

Las palabras me salieron solas sin que pudiera contenerlas.

La boca de la tía Amber se abrió.

—¿Lo sabías? ¿Incluso antes que yo? Cen, eres peor que Steven. ¡Mi propia sangre traicionándome! Creía que Steven era mi amigo, pero solo se estaba aprovechando de mí.

—Lo siento, tía Amber. Lo escuché justo antes de que Steven hablara contigo.

Había expuesto su secreto sin saberlo y ahora todo el mundo sabía que la habían despedido. Entendía su enfado, pero no había tiempo para sentimientos heridos con un asesino entre nosotros.

Brayden le dirigió a Amber una mirada extraña y confusa.

Tyler se volvió hacia Brayden.

—¿De dónde has sacado esa información sobre Scarabelli?

—Soy amigo del fiscal del distrito de Los Ángeles —dijo Brayden —. Llevan meses investigando a Scarabelli. Está muy endeudado y casi en bancarrota. Todo su futuro dependía de esta película.

Sin duda, nuestro pequeño pueblo se llenaría pronto de periodistas dispuestos a darle a Brayden el minuto de oro que tanto ansiaba. Y no dejaría pasar sus conexiones con la oficina del fiscal de Los Ángeles.

—Entonces matar a Dirk Diamond no tiene sentido —dije—. Steven Scarabelli habría ganado millones con esta película. ¿Por qué matar a la estrella principal?

Estaba casi segura de que el asesino de Dirk era parte de la película, pero mi instinto me decía que no había sido Steven Scarabelli. Además de que era querido y respetado, le encantaba hacer películas. No podía ver a Steven matando a la estrella que le haría ganar millones.

La tía Amber jadeó.

—Steven estaba desesperado, pero no mataría a nadie. Ni siquiera por dinero. Sé que tenía un presupuesto ajustado, pero matar a Dirk no mejoraría las cosas. Habría ganado mucho más dinero en taquilla. Solo tenía problemas de liquidez temporales.

—No me sorprende que consiguieras el papel —resopló la tía Pearl —. No podía encontrar a nadie por ese precio y estaba desesperado por completar el reparto. Sabía que había gato encerrado.

—¿Dudas de mi talento?

La tía Amber se puso las manos en las caderas.

Me interpuse entre mis dos tías.

—No es momento pelear. Tenemos que hacer todo lo posible por encontrar al asesino.

Las cejas de la tía Pearl se unieron.

—Primero Rose Lamont y ahora Dirk Diamond. Diría que Brayden tiene razón. Steven Scarabelli ha encontrado una nueva fuente de ingresos. Estate alerta, Amber. Seguro que también tiene una póliza de seguro para ti.

—Eso es ridículo. Steven es un idiota, pero no es ningún asesino.

Un destello de duda cruzó el rostro de la tía Amber durante una fracción de segundo antes de ser reemplazado por la ira.

—Si me despidió, seguro que no era para cobrar el seguro.

—Igual no importa si eres parte de la película o no —dijo la tía Pearl con superioridad.

—¡Claro que importa! —La voz de la tía Amber se rompió mientras las lágrimas le caían por las mejillas. No sabía si estaba más molesta por su despido o por los supuestos motivos de Steven.

—¡Tía Pearl! No especules sobre cosas así. Es peligroso.

Hice el gesto de cortarme el cuello con el pulgar. No quería meter más ideas alocadas en la cabeza de Brayden.

—Scarabelli y Diamond habían tenido muchos roces últimamente. La gente decía que Diamond estaba a punto de dejar a Scarabelli. Por tecnicismos en el contrato o algo así —dijo Brayden—. Scarabelli estaba profundamente endeudado.

Eso coincidía con el argumento que había escuchado antes, a excepción de la parte del contrato, ya que Dirk Diamond todavía no lo había firmado. Al parecer, la fuente de Brayden desconocía ese detalle.

—Lo investigaré —prometió Tyler.

—Será mejor que hagas algo más que investigarlo —dijo Brayden —. Quiero a Scarabelli entre rejas al final del día. De lo contrario llamaré a la policía del estado de Washington.

—No tenemos motivos para arrestarlo —protestó Tyler—. Necesito hacer una investigación completa antes de llegar a alguna conclusión.

La tía Pearl levantó la mano como si fuera una estudiante de primaria.

—¿Y qué hay del jefe de uti…?

Le puse una mano sobre la boca.

—No importa.

—Hay riesgo de fuga, sheriff Gates —añadió Brayden con el ceño fruncido—. O lo arresta o buscaré a alguien que lo haga en su lugar.

Tyler abrió la boca para responder, pero al parecer se lo pensó mejor. Hubo un largo silencio hasta que se decidió a hablar.

—De acuerdo. Arrestaré al asesino antes de que acabe el día. Tiene mi palabra.

CAPÍTULO 12

La cárcel del condado de Westwick Corners estaba ubicada en la planta principal del ayuntamiento y consistía en tres habitaciones, cuatro si se tenía en cuenta la única celda. Me senté sola en uno de los despachos contiguos a la sala de interrogatorios. Tenía la mirada centrada en la gran ventana de vidrio de dos vías detrás de la cual Tyler interrogaba a Steven Scarabelli. Estaba allí como testigo, pero también por si necesitaba corroboración ante el tribunal. El interrogatorio estaba siendo grabado, pero como el equipo de video era antiguo y a veces no funcionaba, yo era su respaldo.

De forma no oficial, también ayudaba a Tyler tomando notas y observando el lenguaje corporal de Steven. Es cierto que yo no era policía, pero como periodista de investigación, era buena detectando las anomalías que cuenta la gente a menudo al estar bajo presión. No era extraño que mis corazonadas desvelaran secretos, y esperaba que ocurriera aquel día también. Tyler tenía que resolver el asesinato de Dirk rápidamente si quería evitar los intentos de despido de Brayden. No tenía más oportunidades de trabajo en el pueblo, y lo último que deseaba era tener una relación a larga distancia.

Tyler y Steven estaban sentados el uno frente al otro en la mesa.

El ángulo de la cámara me proporcionaba una clara visión de Steven, que estaba inclinado hacia delante con los brazos apoyados sobre la mesa. Parecía ansioso por cooperar y aclarar cualquier duda. A Tyler lo veía de perfil. Se echó hacia detrás y dejó hablar a Steven.

La voz de Steven Scarabelli se fue quebrando a medida que se frustraba cada vez más.

—Juro que no me he acercado ni a la utilería ni al arma. Su testigo miente.

El testigo del que hablaba era la tía Pearl, que había desaparecido convenientemente tras el arresto de Steven. Eran poco más de las cuatro de la tarde. El plazo se acortaba, pero todavía estábamos muy lejos de la verdad.

—Está bien. Háblame del contrato de Dirk. ¿Por qué no quería firmar? —preguntó Tyler.

—No tengo ni idea. Le di todo lo que pedía y más —dijo Steven—. Al verlo en retrospectiva, es casi como si supiera desde el principio que no iba a firmar de ningún modo. Estaba jugando conmigo. Como si tratara de vengarse.

—¿Por qué haría algo así?

—¿Una mala racha? —comentó Steven encogiéndose de hombros y dejándose caer contra el respaldo de la silla como si así se librara de los problemas—. Me sabe mal hablar así de alguien que acaba de morir, pero es la verdad. No sé porque ponía tantas complicaciones. Yo lo introduje en el mundillo, así que no sé por qué querría hacerme daño.

—Aunque no ha sido quien peor ha acabado. Dirk está muerto. —Tyler se inclinó hacia adelante—. Tal vez Dirk quisiera salirse del contrato y a usted no le gusto.

—No, hice todo tipo de concesiones. Le di cosas a las que normalmente no renunciaría como un gran porcentaje de las ganancias en la taquilla. Cosas que no podía permitirme darle. Pero lo hice porque no tenía elección. No podía perder a mi mayor estrella.

—Puede que en el calor del momento usted perdiera la paciencia. Con todas esas demandas irracionales...

La voz de Tyler se apagó cuando se encontró con la mirada de Steven. Este alzó los brazos en señal de protesta.

—Teníamos nuestras diferencias, pero tenía menos razones que nadie para matarle. De hecho, estoy obligado por contrato a pagar al resto del elenco y el equipo su salario completo, aunque ya no pueda rodar la película. Fue el trato que hice para convencerles de que vinieran a este lugar remoto. Estoy totalmente arruinado ahora mismo. ¿Dónde voy a encontrar a una estrella con el mismo éxito en taquilla que Dirk? Era difícil tratar con él, pero nunca le he deseado la muerte.

Llegué a dos conclusiones sobre Steven Scarabelli. Una, que era excepcionalmente bueno incriminándose a sí mismo, y dos, que era inocente.

Escribí una nota para verificar las afirmaciones de Steven. Las nóminas del reparto y el equipo eran, sin duda, cuantiosas. Si Steven decía la verdad, era muy improbable que ningún seguro que tuviera contratado le cubriera los gastos. Las pólizas de seguro de los actores estaban pensadas para sacar beneficios comerciales, no para ser parte de planes siniestros.

Por otro lado, Steven Scarabelli había perdido a sus dos estrellas principales con pocos días de diferencia. Y resulta que eran marido y mujer. Parecía muy sospechoso. La muerte de Rose Lamont había sido considerada por causas naturales, pero aun así...

Salté cuando algo se estrelló contra la oficia exterior. El corazón me dio un vuelvo. Probablemente fuera Brayden que había venido a meter más presión.

Pero no era Brayden.

CAPÍTULO 13

—¿Hay alguien?

La voz artificialmente animada de la tía Amber llegó desde el exterior.

Maldije entre dientes. Justo lo que necesitábamos: la intromisión mágica de una aspirante a estrella malcriada.

La puerta se abrió.

—¡Cen! Todavía no puedo creer que Dirk haya muerto. Era un buen amigo.

Se secó los ojos con un pañuelo, aunque no había lágrimas.

Salté de mi asiento y me llevé un dedo a los labios. Señalé con la cabeza hacia la sala de interrogatorios donde Tyler estaba terminando con Steven Scarabelli.

—¡Chst! ¿Qué estás haciendo aquí?

—Debería preguntarte lo mismo —replicó la tía Pearl entornando los ojos mirando a través del cristal—. ¡Ese hombre! Finalmente lo han arrestado por matar a Dirk. He venido a dar mi testimonio para que finalmente lo encierren. Lo vi todo.

—Eso es imposible —dije—. Estabas con Steven cuando se produjeron los disparos. Os vi hablando a los dos con mis propios ojos.

La tía Amber no respondió. Tenía la mirada clavada en los dos hombres que había al otro lado del cristal. Hizo un gesto con la mano a Tyler y levantó el puño en dirección a Steven Scarabelli.

—No te pueden ver, tía Amber. Es un cristal de dos vías.

—Oh.

Hundió los hombros, decepcionada, y fue directa a coger el picaporte.

—¡Para! No puedes entrar —susurré.

—Está en medio de un interrogatorio.

La tía Amber dejó caer la mano y se sentó frente a mí. Suspiró.

—¿Cuándo te has vuelto tan mandona?

La ignoré y volví a centrar mi atención en los dos hombres.

—Por última vez, yo no maté a Dirk —estaba diciendo Steven—. Su muerte me ha provocado la ruina. Logré todos firmaran el contrato y luego él se retiró en el último momento. Estoy dispuesto a pagarles, pero no tengo película de la que sacar el dinero. No puedo hacer la secuela sin Dirk, y ahora que está muerto, no tengo forma de recuperar las pérdidas.

La tía Amber saltó de su asiento.

—¡Es un mentiroso! Tiene todo el dinero del seguro.

—Siéntate. Tyler lo sabe todo. Deja que él se encargue.

Tyler acercó la silla un poco más a la de Steven.

—Cuando renunció, lo puso entre la espada y la pared. Sabía que Dirk no terminaría la película, así que se vengó.

Tyler era muy convincente, aunque sabía que era escéptico respecto a la culpabilidad de Steven. Esperaba que la insistencia de Brayden sobre un arresto no le obligar a forzar una confesión falsa de un hombre inocente.

—Es una locura. No estaba cerca de Dirk. —Steven se frotó la frente—. Estaba demasiado ocupado ejecutando la última demanda de Dirk, que era despedir a Amber West.

—¡No! ¡Eso no es cierto! —lloró la tía Amber levantándose del asiento—. Dirk era mi amigo. El que me traicionó fue Steven.

—Calla. Déjale hablar,

Me llevé un dedo a los labios. Tarde o temprano irrumpiría en la sala de interrogatorio y lo único que podía hacer era retenerla el mayor tiempo posible.

La tía Amber me miró y comenzó a caminar de un lado para otro mientras los dos hombres seguían hablando.

—Steven Scarabelli es un hombre malvado y despreciable. Debería lanzarle una maldición.

Puse los ojos en blanco.

—Estás exagerando, tía Amber. Será mejor que no estropees una investigación de asesinato solo porque perdiste tu trabajo. Deja que la investigación siga su curso.

Volví a centrarme en el interrogatorio.

—¿Dirk quería que despidiese a Amber? —Tyler tomó notas en su libreta—. ¿Por qué?

—Dirk la encontraba realmente molesta. Le había prometido un papel pequeño para callarla, pero luego comenzó a exigir cosas como su propio camión camerino, una mayor calificación en los créditos y cosas así. Ella es la única razón por la que estamos rodando aquí en Westwick Corners. Me ofreció alojamiento gratuito y nada de costes en el pueblo.

Fulminé a la tía Amber con la mirada.

—Sabes que no nos lo podemos permitir.

Los ingresos de nuestro hostal apenas cubrían la factura de servicios vendida. No podíamos permitirnos trabajar sin ningún tipo de ingreso a cambio.

—Mentiroso —espetó la tía Amber dirigiéndose a la puerta de nuevo.

La agarré por los hombros y la senté en mi silla. Me apoyé contra la puerta, decidida a hacer guardia para evitar cualquier arrebato o interrupción. Tendría que pasar sobre mí primero.

—¿Lo del alejamiento gratuito es cierto? ¿Estamos alojando a toda esa gente a cambio de nada? ¿Y alimentándolos? No nos lo podemos permitir.

La última factura de mamá era de más de tres mil dólares. Steven no era el único con problemas económicos.

La tía Amber se encogió de hombros.

—¿Qué más da? La película no se hace.

La ira crecía en mi interior. Quería decir muchas cosas, pero no era el momento. Me volví a centrar en los hombres que había al otro lado del cristal.

Tyler frunció el ceño.

—¿Por qué haría Amber esas promesas si ya tenía un papel en la película?

Steven enrojeció.

—No creerá que el despido de Amber le da un motivo para matar a Dirk, ¿verdad? Podemos confirmar nuestras coartadas mutuamente. Estuvimos juntos todo el tiempo.

La tía Amber se cubrió la boca con las manos.

—Lo está enredando todo.

Negué con la cabeza.

—Steven te está defendiendo. ¿Por qué lo criticas tanto?

—¿Todo el tiempo? —Tyler escribió algo en la libreta.

—Bueno, la mayor parte. Salió corriendo justo antes de que empezara el rodaje de la escena. Me acuerdo porque al principio me preocupó que se presentara en el set e interrumpiera la filmación. Así que me sentí aliviado cuando se fue en la dirección opuesta.

La tía Amber susurró por lo bajo.

—Seguro que lo hizo él. Qué idiota.

Mi corazón se saltó un latido. Tal vez Steven Scarabelli se acercara a la utilería cuando Amber se fue. Nadie lo vio porque estaban todos centrados en el rodaje. Yo me había distraído al ver a la tía Amber salir corriendo el set. Quizá hubiera venido a donde estábamos la tía Pearl y yo sin que me diera cuenta. Por primera vez, no estaba segura. Quizá no era lo que recordaba, sino lo que quería creer.

Al otro lado del cristal, Tyler frunció el ceño.

—Hay una cosa que no entiendo, Steven. ¿Por qué decide Dirk los créditos de la película y quién tiene camerino propio? Como productor, ¿no decide usted los beneficios de los actores? Dirk es solo otro actor que trabaja para usted, aunque sea la estrella. ¿Por qué Amber le pediría favores a Dirk? Él no dirige el espectáculo. Usted sí.

Steven suspiró.

—Ella supuso que yo le diría que no. De hecho, había dicho que no a algunos de las demandas más descabelladas de Amber. Entonces fue a Dirk y se quejó de mí. Sabe que Dirk tiene mucha influencia y que la producción se detiene hasta que se cumplan sus demandas. Creo que se acercó a él por despecho.

—¿Es eso cierto? —susurré.

La tía Amber se encogió de hombros y clavó la mirada en el cristal de dos vías. Tenía el rostro rojo de ira.

—¿Cuándo le pidió exactamente que la despidiera? —preguntó Tyler.

La fuerte personalidad de la tía Amber hacía que a veces fuera difícil tratar con ella, pero nunca la consideré una manipuladora. Me sorprendió que acudiera a Dirk después de que Steven rechazara sus peticiones. Siempre había pensado que estaba por encima de ese tipo de comportamiento. Tal vez la promesa del estrellato le había nublado la cabeza.

—Justo antes de empezar el rodaje —dijo Steven—. Sus quejas lo sacaron de quicio. Dirk me dijo que o se iba ella o lo haría él. No quería ni terminar la escena con ella allí.

Recordé la discusión fuera del tráiler.

—Creía que Dirk ya se había retirado de la película.

Tyler parecía leerme la mente. Se rascó la barbilla y anotó cosas en la libreta.

Steven suspiró.

—Se retiró de la siguiente película, no de esta. El rodaje en Westwick Corners era para terminar algunas escenas exteriores. La película estaba casi terminada.

Entendí por qué la tía Amber no estaba en la escena. Su película todavía no había empezado a rodarse.

—¿Despidió a Amber de la siguiente película antes de comenzar el rodaje? —preguntó Tyler.

—Exacto. Se lo tomó bastante mal. —Steven movió la cabeza tristemente—. Ojalá Dirk no hubiera insistido, porque yo lo habría hecho de otro modo, mucho más fácil para ella. Amber solo tenía un par de escenas, un papel muy secundario. Ahora me odia y eso me parte el corazón. Somos amigos desde hace décadas. Me enferma pensar que ella crea que soy yo quien la quería fuera.

Me volví a la tía Amber.

—¿Es cierto?

Su versión de que iba a protagonizar un éxito en taquilla era una exageración de lo que había dicho Steven. Eso tenía mucho más sentido, ya que desde el primer momento me había extrañado su papel protagonista.

Me frunció el ceño cruzándose de brazos. Una lágrima solitaria le cayó por la mejilla mientras se daba la vuelta.

Seguía pareciéndome poco probable que Steven hubiera matado a Dirk, excepto por la historia de la tía Pearl. ¿Pero decía la verdad? No había pruebas que confirmaran sus afirmaciones. Al menos, no todavía.

Steven negó con la cabeza.

—Probablemente las escenas de Amber hubieran sido cortadas en la sala de montaje, conociendo a Dirk. Pensé que despedirla era demasiado extremo.

—¡Será malvado! —La tía Pearl levantó el puño hacia el espejo de dos vías—. Está inventándose toda esa mentira para encubrir lo que hizo. ¡No dejaré que se salga con la suya!

—Deja que el sheriff haga su trabajo, tía Amber.

Cogí a mi tía por el hombro, pero era demasiado tarde.

Ya tenía la mano en el pomo de la puerta de la sala de interrogatorios. La abrió y entró de golpe. Señaló con el dedo a Steven Scarabelli.

—Es el asesino. ¡Lo vi todo!

CAPÍTULO 14

Necesitó más de una hora para calmar a la tía Amber, pero finalmente entró en razón. Su despido era algo intrascendente con el rodaje cancelado. Nadie tenía que saberlo porque la película probablemente nunca se haría. Su despido nunca se haría público y no quedaría mal.

Ahora que la tía Amber entendía la gravedad de la situación, había aceptado dejar de acusar a Steven de asesinato. Mi testimonio de haberla visto abandonando la escena antes de que comenzara el tiroteo corroboraba el relato de Steven. Todo eso significaba que ella no podía haber presenciado el asesinato de Dirk.

Así que, ¿por qué había mentido?

El rencor o la falta de memoria podían acabar en un cargo de asesinato. Era muy perturbador escucharlo de mi honesta tía. Supongo que estaba tan envuelta en el asunto de la película que no usaba su lógica habitual. Además de eso, no estábamos avanzando en la investigación. Los indicios desperdiciaban tiempo y esfuerzo de todos. Era casi seguro que Steven Scarabelli no era el asesino de Dirk. Mientras tanto, el verdadero asesino permanecía libre y con oportunidades de volver a actuar.

Lo único bueno que había ocurrido en las últimas horas era que mamá nos había traído la cena. Incluso había convencido a la tía Amber para que volviera al hostal a relajarse un rato. Eso me devolvió la sonrisa. Sabía que mamá la pondría rápidamente a trabajar. No era necesariamente algo malo.

Me senté frente a Tyler en su despacho. Los platos de pollo a la barbacoa a medio comer se habían enfriado mientras revisábamos las imágenes de las cámaras de videovigilancia fotograma a fotograma en cámara lenta. Incluso en la pantalla de cinco pulgadas era difícil ver toda la acción. Los múltiples disparos y la polvorienta calle se oscurecían tanto que en algunos momentos era difícil distinguir quién había disparado. Incluso entonces, cinco de las seis pistolas dispararon balas de fogueo, por lo que no nos ayudó mucho. Había que descubrir cuál había lanzado la bala mortal. Ya que Dirk era la estrella, la cámara lo enfocaba a él. Eso hacía que fuera fácil ver cuándo le habían disparado exactamente, pero difícil determinar cuál de los actores había sido.

—Puede que una de las cámaras haya captado un punto de vista diferente —dije esperanzada.

—No según los camarógrafos, y hemos revisado todas las imágenes.

—No pensé que esto sería tan difícil. No hay muchos crímenes que se graben. Y, aun así, con tantos testigos e imágenes, seguimos sin poder ver lo que ha pasado.

Tyler asintió.

—Ya que todas las balas de fogueo se dispararon al mismo tiempo que la bala real, es casi imposible saber quién le disparó. Lo único que podemos hacer es descartar a todos menos a los que se encuentran al lado izquierdo del set, basándonos en el ángulo de la cámara. El problema es determinar quién había fuera de pantalla a la izquierda. Sin el vídeo, solo podemos averiguarlo con estrategia de descarte.

Congeló la imagen y señaló a Dirk con el lápiz.

—¿Ves la expresión facial de Dirk? Es de dolor. Ahí es justo cuando le dispararon.

Hice una mueca.

—Es muy macabro capturar la muerte de una persona así.

Esperaba que las imágenes pudieran identificar al asesino, pero las cámaras enfocaban casi siempre a Dirk. Como era una escena de acción, el fondo solía estar desenfocado la mayor parte del tiempo, por lo que no era de gran ayuda.

—Nadie parece estar en buena posición para disparar a Dirk —dijo Tyler—. Las balas lanzadas por los actores le habrían dado en la espalda, ya que lo estaban persiguiendo. Sin embargo, recibió un disparo en el pecho.

—Cierto —coincidí.

Los otros actores masculinos estaban justo detrás de él, y Arianne a pocos metros más atrás. Toda la gente que observaba el rodaje también estaba detrás de Dirk.

—El material de vídeo descarta a todos los actores en escena y a casi todos los miembros del equipo que trabajaban alrededor.

Si bien las imágenes de la película no incriminaban a nadie, al menos descartaba a los actores y a parte del equipo. Seguía sin haber nada claro respecto a Steven Scarabelli. De hecho, lo que mostraba no lo ayudaba nada. Al menos ante los ojos de Brayden.

Luego estaba el arma del crimen. Todavía era un misterio el cómo había llegado al fondo de la caja de utilería. Pero las acusaciones de la tía Amber junto con el relato de la tía Pearl sobre la manipulación de los decorados de Steven no le dejaron a Tyler más remedio que arrestarlo. Eso hizo feliz a Brayden, pero a mí me preocupaba.

A pesar de las afirmaciones de la tía Pearl, no teníamos pruebas verificables que colocaran a Steven en escena. Aunque hubiera estado cerca de la caja de utilería, como dijo la tía Pearl, eso habría ocurrido después de la escena de persecución en la que Dirk recibió el disparo. Antes de eso, había estado hablando con la tía Amber al mismo lado del set que los actores, un ángulo imposible desde el que disparar a Dirk Diamond en el pecho.

Tyler inclino la cabeza hacia la única celda de la cárcel donde estaba Steven encerrado.

—¿Seguro que lo viste con Amber?

Asentí.

—Si eso es cierto, no pudo disparar a Dirk —dijo Tyler—. Tengo a un hombre inocente entre rejas y tengo las manos atadas. A menos que encuentre al verdadero asesino, no puedo dejarlo en libertad. Si lo hago, perderé mi trabajo y Brayden llamará a la Guardia Nacional.

—No podemos dejar que eso ocurra. —Pinché un pedazo de pollo a la barbacoa con el tenedor—. ¿Cuánto tiempo puedes retenerlo?

Esperaba que fuera suficiente para coger al verdadero asesino.

—En veinticuatro horas tengo que liberarlo o acusarlo. Ya es bastante malo que esté encerrado, ¿pero acusarlo? La mala publicidad lo arruinará y me niego a hacer eso.

—De todas formas, acabas perdiendo.

—En el mejor de los casos la prensa amarilla lo dejará por los suelos. En el peor, será condenado en el juicio y pasará el resto de su vida en la cárcel. Mientras que el verdadero asesino permanece libre. Todo por culpa de tu celoso ex.

Celoso era la palabra. Estaba convencida de que al menos una parte del comportamiento de Brayden era su venganza por estar saliendo con Tyler. No había mucho que pudiera hacer al respecto, pero era muy frustrante. Levanté las manos.

—No es culpa mía.

—Lo siento, Cen. No te culpo. Es difícil investigar un asesinato con el loco de mi jefe respirándome en el cuello. Un descuido y me quedo sin trabajo.

—Bueno, puedes presentarte a policía en Shady Creek. Solo estaríamos a una hora de distancia.

No veía otra salida. Brayden la tomaría con Tyler hiciera lo que hiciera.

—No, Cen —dijo Tyler—. No voy a dejar que Brayden me intimide. Me reemplazará con alguien que le diga que sí a todo. La justicia ya es bastante complicada en un pueblo pequeño.

—Supongo que no será el alcalde siempre.

Sin embargo, parecía que llevaba una eternidad y odiaba la presión constante de Brayden por cerrar el caso a cualquier precio. No podía permitir que la presión política encarcelara a un hombre inocente, aunque tuviera que recurrir a la magia para hacerlo. Involucrarme tampoco me parecía bien, pero al menos no era tan malo.

Tyler suspiró.

—Parece una eternidad.

—Lo sé. Además, estoy segura de que Steven no lo hizo. Lo vi discutiendo con la tía Amber con mis propios ojos. No entiendo por qué la tía Pearl vio otra cosa diferente.

Los relatos de los testigos oculares a menudo variaban dramáticamente porque la memoria no era del todo fiable. Pero sin pruebas, mi testimonio, que podía probar la inocencia de un hombre, no tenía casi valor. Estaba anulado por el de la tía Pearl.

—También lo sé —contestó Tyler—. Matar a su estrella sería el fin de la carrera de Steven. Por lo que sé, está en bancarrota y la película le habría devuelto su suerte. Pero si no fue Steven, ¿quién lo hizo?

—Miremos la lista otra vez.

Me acerqué a la pizarra de Tyler donde había hecho una lista del elenco y el equipo. Estudió los nombres. Todos habían sido interrogados al menos de forma superficial. Coloqué marcas de verificación junto a cada persona cuya ubicación había sido comprobada con las imágenes o, en el caso de los operadores de cámara, por los ángulos y los testigos.

Aún había una gran cantidad de personas que no podían ser descartadas. Había miembros del equipo en espera y decenas de locales que observaban el rodaje. Gente que podía haberlo matado. Bill y Pearl solo eran dos ejemplos. Cada coartada tenía que ser confirmada por el resto de la gente presente. Sus historias y su credibilidad también tendrían que ser examinadas.

—No tenemos nada.

Me senté abatida ante la falta de progreso.

—Mirémoslo otra vez.

Tyler reprodujo de nuevo el vídeo, avanzando hasta el momento del impacto. Pausó la película y tocó la pantalla.

—Mira el lado izquierdo del rodaje. De ahí vino la bala.

Dirk se aferró el pecho un instante antes de dirigir los ojos al extremo opuesto de la calle, como si clavara la mirada en su asesino. Un destello de reconocimiento le cruzó el rostro en el momento exacto en que cayó a la polvorienta calle.

Dirk había visto a su asesino.

Seguí la mirada de Dirk, pero allí no había nadie. Solo edificios vacíos con oscuras ventanas que contrastaban contra los exteriores brillantes y recién pintados. Me acerqué a la pantalla intentando ver por detrás de las ventanas.

Pero no revelaron nada. Cualquiera que fuera el secreto escondido en las oscuras ventanas se quedaría allí, protegiendo a un asesino.

CAPÍTULO 15

Pegué la cara a la pantalla y entrecerré una vez más los ojos en busca de siluetas en los píxeles.

Pero no había nadie, ni una sombra. El asesino de Dirk bien podía haber sido invisible. O se había escondido bien, a pesar de estar en un set de rodaje lleno de cámaras y decenas de testigos.

Aportaba un nuevo significado a los asesinatos a plena luz del día.

Me aparté de la pantalla mientras Tyler paseaba de un lado a otro en el oscuro despacho. Llevábamos horas mirando las imágenes, pero no estábamos más cerca de identificar al asesino.

Si bien la iluminación de la calle hacía imposible ver lo que había dentro de los edificios, lo más desconcertante era el ángulo de la bala.

Basándose en la trayectoria, el francotirador debía estar colgado de una ventana abierta o una puerta, revelando, al menos temporalmente, su ubicación. No obstante, no había signos de puertas abiertas y todas las ventanas permanecían cerradas. Tampoco había cristales rotos. A menos que el atacante fuera invisible, era imposible de entender.

—Quizá el asesino dejara una prueba. Deberíamos mirar en el interior de los edificios —propuse.

—Tengo una idea. Ahora vuelvo.

Tyler levantó el dedo índice desde el marco de la puerta. Se dio la vuelta y se dirigió a la celda de Steven. Vi cómo se cerraba la puerta tras él y cogí el mando para rebobinar el vídeo.

—¡Eh! —me llamó una voz aguda sonó desde el techo.

Alcé la vista sorprendida por ver el fantasma de la abuela Vi flotando cerca del techo.

Salté de la silla, alarmada.

—¿Qué estás haciendo aquí?

La abuela Vi casi nunca salía de casa y no tenía ni idea de qué estaba haciendo allí.

—Supongo que lo has olvidado —dijo sollozando al borde de las lágrimas.

No creía que los fantasmas pudieran llorar, pero a mí también se me pusieron los ojos llorosos.

—Claro que me acuerdo.

No recordaba qué era lo que se suponía que debía hacer. La muerte de Dirk había dejado a un lado todo lo demás.

—¿Entonces por qué no has venido a casa? Se suponía que íbamos a hacer pociones de amor, ¿recuerdas?

Me llevé una mano a la boca.

—Oh, abuela, lo siento mucho. Supongo que he perdido la noción del tiempo. Te prometo que te compensaré.

Sentí una punzada de culpa cuando me di cuenta de lo mucho que se había preocupado. La abuela Vi nunca salía de casa porque le daba miedo perderse. Los fantasmas no podían preguntar a los transeúntes en busca de ayuda. Sin embargo, ella había abandonado el santuario del hogar y había corrido un grave riesgo preocupada por mi bienestar.

Y yo me había olvidado totalmente de ella.

—¿Mañana? —sugerí y sonreí esperanzada mientras ella flotaba hasta el nivel de mis ojos.

—Ya no estás nunca en casa, Cen. Es como si ya no tuvieras tiempo para tu abuela. Siempre se olvidan todos de mí. —Negó con la cabeza tristemente—. Supongo que soy yo quien necesita una poción para llamar la atención. Ya nadie me quiere.

—Eso no es cierto, abuela. He perdido la noción del tiempo, eso es todo.

Me incliné instintivamente para abrazarla, olvidando que era un fantasma y caí sobre la mesa.

—Me lo veía venir.

—Tyler necesita mi ayuda con un caso.

Me planteé contarle los detalles, pero lo desestimé enseguida. La familia West ya estaba demasiado implicada, y las acciones de la abuela Vi podían llevarlo todo a otro nivel.

—Con más razón, Cen. Dejas que el trabajo se interponga entre vosotros y, antes de que te des cuenta, seréis como dos desconocidos.

—Es algo temporal. Tenía pensado ir a avisarte, pero se me ha hecho tarde.

Me sentía fatal por mentirle, pero me sentiría aún peor admitiendo que lo había olvidado e hiriendo los sentimientos de la abuela Vi. La verdad era que no podía dejar a Tyler en un momento en el que tanto su trabajo como nuestro futuro peligraban.

—Tyler y tú sois unos aburridos. Sois como un matrimonio de ancianos. Necesitas esa poción, Cen. La poción de amor número catorce, creo. O quizá la doce. No eres consciente, pero es una situación desesperada. Vamos a recuperar tu vida amorosa antes de que sea demasiado tarde.

—Claro... abuela. Te prometo que estaré en casa en un par de horas y prepararemos las pociones.

Ella era parte de la razón por la que éramos una pareja aburrida. Tyler no podía ver ni oír a la abuela Vi, pero tenerla de compañera de piso significaba sentirme culpable cada vez que Tyler se quedaba a pasar la noche. Respetaba nuestra privacidad, pero saber que estaba allí me incomodaba. Y aunque Tyler estaba al tanto de mis poderes, no sabía que mi abuela fantasma siempre andaba por detrás. Y no era algo que pudiera explicar porque todo lo relacionado con fantasmas desafiaba la lógica. Incluso la de la gente que creía en las brujas.

La abuela Vi negó con la cabeza.

—Si no quieres perder a tu novio será mejor que animes un poco las cosas. Fíjate como estáis, mirando la misma película una y otra vez en una sala de conferencias. En mi época los hombres no cortejaban así a las mujeres. ¿Dónde ha quedado el romanticismo?

—No es una cita, abuela. Estamos trabajando.

Era cierto que en parte me quedaba hasta tarde trabajando con Tyler porque era el único momento en que podía estar a solas con él. Había demasiada gente en mi casa del árbol. Entre Tyler y la abuela Vi parecía más un Airbnb.

—Ha habido un asesinato.

—Sé lo del asesinato, Cen. Lo vi todo.

—¿Estabas allí? ¡Pero si nunca sales!

—¡Claro que estaba allí! No me perdería el debut cinematográfico de mi hija por nada del mundo. Estaba impaciente por ver su escena, pero entonces dispararon a aquel tipo. Supongo que esa muerte significa que el paseo de la fama de Hollywood de Amber se aplazará.

—Han despedido a la tía Amber, abuela. No estará en la película. ¿No la viste hablar con Steven Scarabelli?

—No. Estaba viendo la escena, esperando verla aparecer. Pero nunca lo hizo.

Eso me dio una idea.

—¿Estabas flotando sobre la gente como ahora?

—Sí, ¿por qué?

—Porque había alguien que no tenía que estar.

—Me lo imaginaba, porque no sabía quién era ese extra.

Se movió por la pantalla de proyección.

—¿Quién?

En cuanto formulé la pregunta, un fuerte ruido resonó por todo el edificio. Era un ruido de metal contra metal, de la puerta de la celda golpeando las paredes.

—Date prisa, antes de que vuelva Tyler.

—Cen, escucha atentamente. Vi algo desde mi privilegiado punto de vista. ¿Sabes quién apretó el gatillo?

—¿Quién?

Estiré el cuello para seguirla mientras flotaba por el techo.

Levantó los brazos para dar dramatismo.

—No fue uno de los actores. Fue...

Tyler irrumpió en la habitación seguido por Steven Scarabelli. Pareció desconcertado y miró por toda la habitación.

—¿Hay alguien más aquí?

—No. Estaba hablando sola.

Tyler frunció el ceño y se volvió hacia Steven. Le indicó que se sentara en la silla que había ocupado un rato antes.

—Da igual. Voy a soltar a Steven de momento. Me ha dado su palabra de que no saldrá de su habitación en el hostal al menos hasta mañana.

La abuela Vi articuló algo, pero no pude leerle los labios.

Me esforcé por escuchar.

—¿Cen? —preguntó Tyler arrugando la frente—. ¿Por qué miras hacia arriba?

—¿Qué? —Volví a mirar al frente—. Me duele el cuello, estaba estirando.

Tyler sacó un montón de papeles de su escritorio y los puso delante de Steven.

—Le suelto con la promesa de que no salga del pueblo. Firme aquí debajo.

Steven hizo lo que había dicho estampando una firma ilegible en la parte inferior de la página.

Tyler abrió un cajón y sacó una bolsa de plástico transparente con una cartera, llaves y el resto de los objetos personales de Steven y se los entregó.

—Hay un chófer esperando fuera para llevarle al hostal. Vaya directo a la habitación. No salga excepto a la hora de comer. Pase lo que pase, no salga de la propiedad y no se marche del pueblo. ¿Entendido?

Steven asintió.

—Entendido.

—Bien, porque de lo contrario tendré que arrestarle por asesinato y sin fianza.

—Me quedaré en la habitación. Tengo muchas llamadas que hacer, así que estaré entretenido.

—Sugiero que una de esas llamadas sea a un abogado, y rápido —

dijo Tyler—. Esto aún no ha acabado.

Esperé en el despacho mientras Tyler escoltaba a Steven hasta el coche que lo esperaba.

—¿Podemos irnos ya, Cen? Ya sabes que no tengo todo el día.

La abuela Vi levitaba de un lado para otro impaciente.

—Pronto, abuela, lo prometo.

Acabé de hablar justo cuando se abrió la puerta del despacho con un clic.

Tyler no me escuchó esa vez. Entró de nuevo y se sentó, exhausto.

—¿Y si Brayden descubre que has soltado a Steven? Se enfadará mucho.

El plan de Tyler me parecía arriesgado. No quería que perdiera su trabajo por soltar demasiado pronto a Steven Scarabelli.

—Me ocuparé de ello cuando llegue el momento —dijo Tyler—. Mientras Scarabelli coopere, Brayden no se enterará. Sé que es poco ortodoxo, pero Steven no es el asesino que buscamos. La habitación del hostal es mucho más agradable que una celda y confío en que tu madre y Pearl puedan tenerlo vigilado.

—Es una gran idea —dije, aunque no estaba del todo convencida.

A la tía Pearl le encantaría la idea de participar. El problema es que siempre participaba demasiado. Por otro lado, si eso la mantenía ocupada, se mantendría alejada de otros problemas. Tal vez incluso podría convencer a la abuela Vi para que vigilara a la tía Pearl.

Tyler asintió.

—También me libera a mí, ya que le darán de comer en el hostal. Así no me tengo que preocupar por él. Tendré más tiempo para investigar. También es mejor para Steven. Empiezan a circular rumores de que es sospecho. Si no lo ven, no lo saben.

—¡Voy a vigilar a un criminal! —dijo la abuela Vi frotándose las manos con alegría.

—No es un criminal —susurré hacia el techo—. No se ha probado nada.

—¿Lo van a esposar? ¿Me darán una pistola?

La abuela flotaba a cinco centímetros de mi cara.

—Nada de esposas. Y por supuesto, nada de pistola.

Los fantasmas no podían coger armas, mucho menos apretar un gatillo. No era ella quien me preocupaba. Un arma podía caer en malas manos. Por eso estábamos ahí, en primer lugar.

—¿Por qué hablas sola, Cen? Llevas un rato muy rara. Creo que te estás volviendo loca.

—Solo estoy cansada. Pensar en voz alta me ayuda a concentrarme.

Le lancé una mirada fulminante a la abuela Vi, esperando que captara la indirecta y volviera a casa, pero no se movió. No quería presentar mi abuela fantasma, invisible o no. La abuela Vi sacó provecho de ello.

—*Focus pocus.* —La abuela Vi rio y me guiñó el ojo—. Nada que una poción no pueda curar.

Si todo fuera tan fácil...

CAPÍTULO 16

Dejé a Tyler en el despacho del sheriff y me dirigí al hostal para ver si mamá necesitaba ayuda. Por el camino escuché voces y risas saliendo de Embrujo, el bar que también regentaba mi familia. Estaba a menos de treinta metros del hostal, así que hice un desvío de último momento para ver qué ocurría. No me sorprendió ver a algunos de los miembros del reparto y el equipo ahogando sus penas en alcohol, Embrujo era el único lugar en todo el pueblo donde podían hacerlo.

Mis sospechas se confirmaron cuando abrí la pesada puerta de madera y entré en el bar. Embrujo estaba a rebosar, lleno con el personal de la película. Incluso los que se alojaban en Shady Creek habían decidido quedarse en el pueblo y desahogarse. Aparte de los sentimientos encontrados sobre el propio Dirk Diamond, parecía que todos estaban esperando ver si había avances en el caso.

Dado el estado generalmente ebrio de todos, el ambiente era más de viernes de salario que de luto. El bar se asemejaba a una misteriosa biblioteca de Agatha Christie, excepto que todos estaban borrachos. Las conjeturas y especulaciones alimentadas por el alcohol eran imparables, todos intentaban adivinar quién había matado a Dirk. Algunos afirmaban que tenía conexiones con la mafia, otros decían que era por un triángulo amoroso.

Algunos incluso afirmaban que la muerte de Dirk era una maniobra publicitaria muy bien ejecutada y esperaban que irrumpiera por las puertas de Embrujo en cualquier momento, tan malhumorado como siempre.

Solo había una cosa clara. Ninguno de los presentes en el bar pensaba que Steven Scarabelli hubiera matado a Dirk. Incluso hubo un medio intento de aportar fondos para conseguirle un buen abogado a Steven, aunque no tuvo mucha acogida ya que ahora estaban todos desempleados. Así de querido era Steven.

Vi a la tía Amber en una mesa de la esquina y fui a sentarme frente a ella.

—¿Estás mejor?

—Hice todo lo posible por ayudar a Steven y mira a dónde me ha llevado. —Cogió los últimos cacahuetes que había sobre la mesa y se los metió en la boca—. Mi carrera está acabada.

Me alarmé cuando cogió otro recipiente de cacahuetes de la mesa de al lado. La tía Amber comía cuando estaba enfadada, pero en aquel momento, parecía completamente ajena a todo lo que la rodeaba, incluyendo a los cacahuetes que volvió a dejar como si nada. Las ronchas gigantes que se le formaron en los brazos y en el cuello me hicieron preguntarme si pretendía morir.

—Deja de comer eso. Sabes que eres alérgica.

—No puedo vivir así, Cen —sollozó—. ¿Qué hay de mi paseo de la fama en Hollywood? Ahora sé que nunca lo conseguiré.

Al menos la mesa de la esquina no daba algo de privacidad, pero incluso en la tenue luz del bar, el rostro hinchado de la tía Amber era claramente visible.

—Cálmate y respira hondo. ¿Dónde tienes el EpiPen?

—Maldita sea.

Bajó la cabeza y se frotó la cara con las manos. Recitó un hechizo en voz baja, tan baja que no pude distinguir las palabras. En unos segundos, sus ronchas se habían reducido a la mitad.

Dejé escapar un suspiro de alivio cuando vi que no era una maldición sobre Steven ni nadie más. Cogí los cacahuetes y los dejé en otra mesa.

Volví a mi asiento.

—En primer lugar, ¿usaste la magia para conseguir el papel?

Había reglas estrictas sobre usar la magia para beneficio personal, y la tía Amber se las sabía de memoria. Normalmente era muy respetuosa con la ley y era la última persona que esperaba que rompiera las reglas. Pero aquel día no parecía haber nada normal.

Me ignoró con la mirada perdida. Le cogí la mano y la apreté.

—¿Tía Amber?

—Ahora sí que me siento mejor. —Alzó la mirada y nuestros ojos se encontraron. Tenía la piel clara y pálida, sin rastro de las ronchas que había tenido un momento antes—. Todo esto me estresa. Es culpa mía. No tendría que haber ayudado a Steven.

—¿Cómo que le ayudaste? Creía que era al revés.

No podía entender de qué otro modo la tía Amber podría haber conseguido un papel en una película de éxito sin experiencia ni reconocimiento.

—Claro que le ayudé, Cen. Le conseguí a Dirk Diamond.

Puse los ojos en blanco.

—¿Cómo puedes decir eso? Steven ya tenía a Dirk Diamond. *Atraco a mediodía* es la secuela de *Atraco a medianoche,* en la que ya actuaba Dirk. Fue un exitazo, así que, naturalmente, él iba a estar en la secuela.

—Eso es lo que la gente cree, pero Dirk todavía no había firmado el contrato. Por una buena razón. Creía que no era un trato justo.

—¿Cómo sabes lo que pensaba Dirk Diamond?

Bajé la voz cuando vi a Steven Scarabelli entrando en el bar. Maldije entre dientes, alarmada por verlo fuera de su habitación. Solo esperaba que Brayden no decidiera pasarse por el bar.

Me volví hacia la tía Amber.

—Dirk parecía bastante ingrato cuando estábamos en el tráiler de Steven. Sin embargo, si no hubiera sido por él, Dirk no habría sido una estrella.

Me sentí rara hablando de Dirk en pasado, aunque no podía sacarme la imagen de su cadáver. Estaba grabada a fuego en mi mente.

Un destello de luz me llamó la atención. Me di la vuelta para ver llamas detrás de la barra.

La tía Pearl nos saludó desde allí. O se le daba muy mal hacer de camarera, o se le daba muy bien quemar lugares. Me levanté de golpe de la mesa y solté un improperio al golpearme la rodilla. Corrí hacia la barra resbalándome por el camino. Recuperé el equilibrio.

—¡Tía Pearl, coge agua! ¡Apágalo!

Cogió una botella de la barra y la agitó con la mano.

Mientras corría hacia ella, noté con horror que no era agua, sino una botella de vodka.

—¡No!

Me abalancé para coger la botella antes de que todo explotara, pero me golpeé contra una pared invisible con una fuerza que tenía que ser sobrenatural. Me caí al suelo y reboté antes de caer sentada.

Me di la vuelta, esperando un infierno. En lugar de eso, las llamas estaban contenidas en unos diminutos vasos de chupito como si no hubiera pasado nada.

Todos los presentes en el bar me miraron durante una fracción de segundo. Luego alguien aplaudió.

La tía Pearl sonrió con superioridad.

—Vamos, Cen. Levántate solita.

La fulminé con la mirada cuando me puse de pie.

—Llamando la atención no conseguirás un papel en el cine, tía Pearl. Deja de sobreactuar.

—Mira quien habla. Tranquila, Cendrine. Te comportas como si nunca hubieras visto Sambucas flameados.

Levantó los dos chupitos con las manos metidas en manoplas de horno y las colocó frente a Steven Scarabelli y Arianne Duval.

Me sentía un poco incómoda con Steven dando vueltas por el bar.

Aunque había roto la promesa que le había hecho a Tyler de quedarse en la habitación, al menos seguía en la propiedad. A esas horas no había ningún sitio donde ir, y era muy poco probable que Brayden visitara el bar. Seguramente iría todo bien.

Tanto Steven como Arianne parecían estresados, y era totalmente comprensible que quisieran beber después de los acontecimientos del día. Sobre todo Steven, que posiblemente aún estaría temblando por el tiempo pasado en la cárcel. A pesar de que nadie estaba llorando a Dirk, los chupitos en llamas me parecían un poco excesivos. Me preguntaba de quién sería la idea.

Arianne se apartó de su chupito y pasó la mano por encima del vaso.

—¿Podría tomar el mío... frío?

Asintió educadamente en mi dirección.

La tía Pearl puso los ojos en blanco y se inclinó para soplar las llamas de la bebida de Arianne y casi se quema las cejas en el proceso.

Arianne se estremeció y apartó el vaso con una mano con la manicura perfecta.

Por suerte, Steven cambió de tema.

—¿Has visto a Bill?

—No. —Me pareció extraño que me preguntara a mí habiendo tanta gente presente—. ¿Ha mirado en su habitación?

Asintió.

—He estado allí hace unos minutos, pero el muy idiota me está evitando. Me debe dinero y no puedo esperar. Tengo que pagar a todos.

—¿Cuánto le debe, exactamente?

El tema económico me interesaba, ya que el dinero solía sacar lo peor de la gente. Bill no había mencionado ningún problema con Steven. Tal vez estuviera avergonzado por deber dinero. Pero era bueno saber que Steven estaba allí para cobrar lo que le debía Bill. Significaba que Steven tenía una buena razón para rondar por los decorados. Pero y si ese fuera el caso, ¿por qué no lo había dicho Steven? O quizá Bill simplemente dijera que Steven había estado con los decorados para desviar la atención de sí mismo.

Sentí una mano el brazo y me volví para ver a la tía Amber a mi lado. Con Steven al otro lado, me sentía incómoda por el rumbo que estaban tomando los acontecimientos.

—Tendríamos que ir a ayudar a mamá.

—Por mí bien.

La tía Amber se volvió a Steven.

—Puede que creas que te estás librando del asesinato, Steven, pero no. Si no te coge la policía, lo haré yo.

—¡Tía Amber! —La cogí del brazo, la aparté de la barra y la arrastré hacia la puerta.

—¿Cómo puedes hablarle así al hombre que te dio tu gran oportunidad?

—Mi talento es lo que me dio una oportunidad, Cen. Y yo ayudé a Dirk. Además de ser mi protegido, era un amigo muy querido. Nunca olvidó que yo se lo presenté a Steven y lo lanzó al estrellato. Resulta que fue un error fatal. Todo es culpa mía. —Rompió a llorar mientras íbamos hacia la puerta—. Quizá tendría que acabar con todo. Sin mi compañero de actuación, no tengo ninguna razón para vivir.

Abrí la puerta y arrastré a la tía Amber mientras ella se apoyaba pesadamente en mi brazo. No podía decir si hablaba en serio o solo trataba de llamar la atención, pero suponía que lo segundo. Quería que Steven lamentara perder sus maravillosas aptitudes de actuación.

Cuando salimos al aire fresco de la noche recuperó las fuerzas de inmediato. Me apartó el brazo y se dirigió al hostal a paso rápido. Solo habíamos andado unos pocos pasos cuando nos encontramos a Tyler que venía del aparcamiento.

—Tú. —La tía Amber se abalanzó sobre Tyler y lo golpeó en el pecho—. Has dejado a un asesino libre. Le has dado libertad, pero te prometo que no la va a disfrutar.

CAPÍTULO 17

Acababa de entrar en el comedor cuando algo bajó en picado hacia mí y casi hizo que cayera.

Grité.

Me agaché y una bocanada de aire me golpeó la nuca. Me quedé inmóvil, esperando sentir garras sobre la cabeza o la espalda. Aunque había corrientes de aire en el hostal, definitivamente no había murciélagos, pájaros ni criaturas voladoras dentro de la casa. No, solo podía ser una persona, y eso es lo que más miedo me daba. Me quedé parada junto a la barandilla de la escalera preparándome para lo que vendría después.

—¡Cendrine West! ¡Deja de agacharte como una tonta!

La abuela Vi se colocó ante mí bloqueándome el camino. Al menos técnicamente, ya que podía atravesarla.

—¿Qué estás haciendo aquí? Creía que habías vuelto a casa —le susurré.

La abuela había prometido volver a la casa del árbol, pero supuse que estaba enfada porque hubiera tantos clientes alojándose en el hostal. Nunca le gustaba que se quedara gente en su antiguo hogar, y me preocupaba que hiciera algo imprudente. Su mera presencia era suficiente para complicar las cosas.

Sentí varias miradas puestas sobre mí. A pesar de las horas tardías, las más de veinte sillas estaban ocupadas de gente cenando, y todos tenían los ojos puestos sobre mí. La abuela Vi era invisible para todos los demás, evidentemente, así que yo parecía una loca lunática.

Otra vez.

—Vamos a otro sitio —le dije—. ¿A la casa del árbol?

La silueta de la abuela se oscureció.

—Esta es mi casa, ¿recuerdas? Tengo más derecho a estar aquí que todos estos intrusos. Todo esto es culpa de Amber. Nada de esto habría pasado si no hubiera traído aquí la película. Estoy un poco molesta con ella.

Me di la vuelta para buscar a la tía Amber, pero no me había seguido hasta el comedor como pensaba. Giré sobre mis talones y me dirigí al vestíbulo.

—La encontraré.

La abuela Vi levitaba detrás de mí murmurando algo que no alcanzaba a oír. Su voz se elevó cuando salimos hacia el pasillo.

—Se supone que deberías estar ayudando al pobre Tyler. Tiene una buena encima. Se le ve tan triste.

Era cierto que parecía triste. Pasamos junto a mesa que ocupaba al lado de la puerta. Se acababa el plazo de Brayden y estaba lejos de atrapar al asesino.

La abuela Vi era la fan número uno de Tyler, pero su amor por mi novio llegaba a ser molesto a veces. Y un poco acosador. Él ni siquiera sabía de su existencia, pero ella lo sabía todo sobre él. Yo tenía ese inquietante secreto familiar que me haría parecer espeluznante si lo revelaba.

—Estoy ayudando, abuela. Y no quiero discutir. Centrémonos en encontrar al asesino de Dirk. Has dicho que lo viste todo. Quiero saber lo que viste desde encima del set. Cuéntamelo todo.

Pasó levitando a mi lado y se quedó flotando a la altura de mis ojos.

—Había otras personas en el set que no tendrían que haber estado allí. Solo los vi yo.

—¿Quién?

Me olvidé momentáneamente de que estaba buscando a la tía Amber.

Ella negó con la cabeza.

—Un hombre y una mujer. Aunque no sé quiénes eran. Estaban escondidos en un edificio vacío al otro lado de la calle.

Por supuesto. Como fantasma, la abuela Vi no solo podía atravesar las paredes, sino que también podía ver a través de ellas. ¿Por qué no lo había pensado antes?

—¿Qué edificio? ¿Sabrías decirme...? —me interrumpí a mitad frase cuando se abrió la puerta del hostal.

Brayden Banks entro al comedor instantes después. Se dirigió a mí con su voz fría y plana.

—Cen.

Nadie habría dicho que alguna vez estuvimos completamente enamorados y a punto de casarnos. Por lo que a él respectaba, yo era el enemigo.

Su boca era una línea delgada y recta y era obvio que estaba enfadado por algo. Pensé en pasar por delante de él para advertir a Tyler, pero ya era demasiado tarde. Ya iba directo al comedor.

Así que me coloqué detrás de él y le indiqué a la abuela Vi que me siguiera.

Brayden fue directamente hacia Tyler, que acababa de unirse a Steven Scarabelli en su pequeña mesa. Steven habría salido de Embrujo poco después de la tía Amber y yo. Tyler se inclinó hacia delante hablando con Steven en voz baja.

Brayden se detuvo a centímetros de Tyler y lo fulminó con la mirada.

—Sheriff Gates, ¿esta es tu idea de lucha contra el crimen? ¿Sentarse a tomar café con un sospechoso de asesinato?

Tyler se puso de pie.

—No estoy bebiendo café. Estoy tomando decla...

—Claro —dijo Brayden en el tono monótono que usaba cuando intentaba controlar su temperamento—. Relájate y bébete el café. De ese modo, la policía estatal sabrá exactamente dónde encontrarte cuando te absuelvan de tus obligaciones y se hagan cargo del caso.

—No puedes sacarme del caso. No ahora que estoy a punto de arrestar a alguien.

—Mírame —dijo Brayden—. Se supone que tenías a Scarabelli entre rejas. ¿Qué demonios pasa aquí?

—No he podido arrestarlo. Hay pruebas contradictorias que demuestran que habíamos detenido a la persona incorrecta. —Tyler señaló su portátil—. Ha prometido no salir del hostal.

Brayden se llevó las manos a la cabeza con el rostro rojo de ira.

—¿Cómo has podido liberar a Steven Scarabelli? No podemos tener un asesino suelto. ¿Qué va a pensar la gente?

Con Brayden las apariencias lo eran todo.

—No voy a ir a ninguna parte, alcalde —dijo Steven—. Me voy a quedar aquí.

Brayden lo despidió con un ademán.

—No se meta en esto.

Steven se encogió de hombros.

—Estaré arriba en mi habitación, sheriff.

Se dio la vuelta y se fue.

Tyler tecleó algo en su portátil y se volvió hacia Brayden.

—No he tenido más remedio que liberar a Steven. Mira lo que he encontrado.

Eran imágenes del vídeo de vigilancia de las cámaras exteriores del banco. La imagen era en blanco y negro y granulada, pero se veía plenamente a Steven Scarabelli.

—Estaba justo aquí cuando se dispararon las balas. Se pueden oír los disparos. También se ve que no tiene nada en las manos. Está en la dirección opuesta de la que han venido las balas.

—No me importa —dijo Brayden con la cara enrojecida.

Lo interrumpí.

—¿No te importa que se culpe a un hombre inocente de asesinato? Creía que te conocía mejor, Brayden.

Brayden negó con la cabeza.

—No me conoces en absoluto, Cen. Nunca lo has hecho.

La abuela vi tarareó y fingió tocar un violín.

—¡Drama!

La fulminé con la mirada antes de volverme hacia Brayden.

Las balas no eran lo único que volaba sobre Westwick Corners.

—Centrémonos en el asesino que sigue libre —dije—. Hasta que lo descubramos, podríamos terminar con otro asesinato en nuestras manos.

—Mantente fuera de esto, Cen. Es una investigación policial y no es asunto tuyo.

Brayden saltó hacia detrás de golpe frotándose la cabeza

El techo sobre su cabeza se había agrietado haciendo que llovieran trozos de yeso. Una fina capa de polvo le cubría la cabeza y los hombros del traje azul marino. Justo sobre él había un enorme agujero en el techo. Se había abierto sin razón aparente y solo le había dado a Brayden.

La abuela Vi flotaba justo detrás de él, riéndose.

Estaba enfadada y contenta con ella al mismo tiempo, y solo pude reprimir una sonrisa.

—Este lugar es un vertedero.

Brayden se frotó la cara con las manos limpiándose el polvo de los ojos. Puede que fuera la ducha de yeso o quizá la amenaza del asesino suelto, pero algo tuvo efecto sobre él. El empeoramiento de la situación pareció afectarle.

—Te daré veinticuatro horas más, sheriff Gates. Después llamaré a la policía estatal.

—No tendrás que hacerlo. Tendremos al asesino para entonces —contestó Tyler frunciendo el ceño.

Esperaba que tuviera razón. Teníamos que detener la carnicería antes de que el asesino actuara de nuevo.

CAPÍTULO 18

Después de saludar a mamá en la cocina, Tyler y yo regresamos al comedor. La tía Amber había vuelto. Estaba sentada en una mesa justo al lado de la puerta de la cocina, moviendo el tobillo nerviosamente. Estaba sonrojada y parecía inquieta. Probablemente porque el alcalde Brayden Banks todavía estaba allí.

Brayden se había quitado el polvo que le había caído y estaba engullendo una porción doble del pastel de cerezas de mamá. Parecía contento, al menos hasta que nos vio dirigiéndonos hacia su mesa. La tía Amber se levantó y se colocó detrás de nosotros.

Pensé que cualquier conversación que tuviera lugar entre Brayden y Tyler necesitaba testigos. Los tres nos quedamos allí esperando a que Brayden levantara la vista, pero se quedó mirando su pastel a medio comer totalmente absorto.

—Lo hice yo —dijo la tía Amber en voz suficientemente alta para que la escucharan todos los presentes en el comedor—. Yo maté a Dirk Diamond.

Brayden abrió la boca de par en par con el tenedor en el aire.

—¿Cómo dice? ¿Ayudó a Steven Scarabelli?

La tía Amber se estaba metiendo en un lío gordo, demasiado grande incluso para que una bruja pudiera remediarlo.

—Tú no pudiste hacerlo —le dije fulminándola con la mirada esperando que dejar de hablar—. Te vi marchándote antes de que se produjeran los disparos.

—Puede que no disparara la bala, pero ayudé.

La tía Amber sonrió como si acabara de pronunciar el hecho más intrascendente del mundo.

Brayden dejó caer el tenedor.

—¿Cómo exactamente? ¿Le dio el arma a Scarabelli?

La tía Amber se limitó a sonreír.

—¿Contrató a un asesino?

El rostro de Brayden se arrugaba en confusión.

Me acerqué más y le susurré a mi tía al oído:

—¿Por qué haces esto? Estás complicando las cosas. Desviarás toda la investigación.

—Tranquila —respondió en voz baja—. Forma parte de mi plan maestro.

—Olvida el plan maestro. —La cogí del brazo y la aparté. Ya había tenido suficientes dramas con la tía Amber. El pueblo, y por supuesto Dirk, habrían estado mucho mejor si el rodaje nunca hubiera sucedido en primer lugar—. Esto es serio. Cuando te arresten, no podrás volver a Londres.

—Vaya, eso no se me había ocurrido.

Se alisó el pelo y sonrió a la pareja que ocupaba la mesa de al lado.

Tal y como sospechaba, la tía Amber buscaba ser el centro de atención sin pensar con la cabeza.

Brayden señaló a Tyler.

—Ya la has oído, sheriff Gates. ¿Por qué no la arrestas?

Tyler abrió la boca para responder, pero se lo pensó mejor. Se sacó un par de esposas del bolsillo de la chaqueta y esposó a la tía Amber.

—¡Tía Amber! Dile que no hablabas en serio.

Su maniobra de distracción, si es que eso es lo que era, amenazaba con descarrilar la investigación de Tyler una vez más.

Me ignoró y levantó las muñecas.

—Soy cómplice de Steven. Entre los dos matamos a Dirk.

—Enciérrala, Gates —ordenó Brayden señalando a la tía Amber—. No dejes que esta también se escape.

Me sorprendió la hostilidad de Brayden. Aunque ya no había amor entre nosotros dos, le gustaba mucho la tía Amber cuando salíamos. Sin embargo, ahora no veía nada malo en enviar a la tía Amber a la cárcel mientras comía el pastel de mamá.

—¡Esperad! He mentido, no lo hice. Pero mi vida corre peligro.

La tía Amber ahogó un sollozo mientras escudriñaba el comedor. Tenía al público cautivado. Cada persona en el comedor había dejado de comer, hablar o hacer cualquier cosa que estuviera haciendo solo para mirarla.

—Necesito custodia protectora, sheriff Gates. Mi vida está en sus manos.

Al menos durante unos minutos, la tía Amber había sido la protagonista.

Si hubiera sabido el coste de todo eso…

CAPÍTULO 19

Finalmente conseguimos sacar a la tía Amber del foco de atención y llevarla a la cocina donde no podía meterse en más problemas. Pero el daño ya estaba hecho.

La abuela Vi, que estaba de guardia en el comedor, acababa de entrar para informarnos de que Brayden acababa de llamar a la policía del estado de Washington. Buscaba involucrarlos en la investigación sin que Tyler lo pidiera.

La tía Amber movía las manos esposadas con nerviosismo.

—Estas esposas me están matando, Tyler. ¿Por qué tengo que llevarlas?

Suspiró.

—Usted se lo ha buscado, ¿recuerda? No me ha dejado más remedio.

—Están a punto de despedir a Tyler por tu culpa —añadí—. ¿No te sientes un poco culpable?

—¿Por qué tendría que sentirme culpable? —Hizo pucheros—. Solo intentaba ayudar. Que pareciera que Tyler estaba haciendo progresos. ¿Por qué os habéis vuelto todos tan sensibles de repente?

Negué con la cabeza.

—No se puede deshacer una confesión de asesinato, tía Amber. Nadie va a olvidar tu actuación estelar ahí fuera.

Se animó inmediatamente.

—¿De verdad? ¿Tan bien he actuado? ¿Te he convencido?

Tyler negó.

—No es momento de actuar, Amber. Le quitaré las esposas, pero tiene que prometer que esta vez mantendrá la boca cerrada. Suba a su habitación y no hable con nadie. Y no se marche por nada del mundo.

—Pero y si...

—Sin excepciones. —Tyler se acercó a mí y me susurró—: No puedo resolver un asesinato y tratar con tu familia de locos al mismo tiempo. ¿Puedes asegurarte de que se mantengan fuera de vista hasta que Brayden se vaya?

—Las tendré ocupadas. —Me volví hacia mi tía—. Vamos arriba, tía Amber.

No tenía ni idea de dónde estaba la tía Pearl. Su ausencia en el hostal me preocupaba porque probablemente estaría causando problemas en otra parte. Pero ya estaba ocupada, así que decidí olvidarla de momento.

Tras acompañar a la tía Amber hasta su habitación y acomodarla con revistas de cotilleos hollywoodienses, volví a bajar para ayudar a mamá a limpiar la cocina. Había sido un día agotador. Pronto amanecería, y mantener a mis tías apartadas significaba que también tendría que hacer las labores de mantenimiento de la tía Pearl y además de ayudar a mamá con todo. Necesitábamos un plan para mantenerlo todo en orden y tratar con los invitados.

Resultó ser un buen momento. Mamá ya tenía una tarea para mí, llevarle la cena del servicio de habitaciones a Steven Scarabelli. Entre su estancia en la cárcel y sus copas en Embrujo, se había perdido la cena.

Cogí el plato de asado de carne y verduras todavía humeante y salí de la cocina. Me sentí aliviada porque finalmente había subido a su habitación para pasar la noche. Puede que el elenco y el equipo no fueran tras él, pero los fans más rabiosos de Dirk Diamond querrían venganza. Probablemente fuera una suerte para él estar atrapado en nuestro pequeño pueblo.

De hecho, desde que habíamos vuelto al hotel un rato antes, habían aparecido seis o siete fans. Yo no los había visto, pero según uno de los miembros del equipo, los fans de Dirk habían acampado fuera de la propiedad en la parte inferior de la colina. Más seguidores se reunieron alrededor de un santuario temporal de velas y flores en el set de la película.

Aunque no podían ver lo que sucedía en el interior del hostal desde su campamento la puerta principal, tenían una vista privilegiada de todos los que entraban y salían. Tyler había cerrado la puerta con precaución antes, por lo que cualquier invitado tenía que llamar para que le abriéramos. Eso proporcionaba una apariencia de calma, al menos en la superficie.

Las noticias de Hollywood viajaban rápido... muy rápido. Aún no se había hecho ningún anuncio oficial sobre Dirk todavía. Westwick Corners estaba alejado, a varias horas conduciendo desde Seattle. Sin embargo, ya había gente al tanto de la tragedia.

Esperaba que el pueblo estuviera lleno de seguidores de Dirk y de prensa hollywoodiense para la mañana siguiente. Eso me dio una idea. Por una vez, nuestra ubicación apartada de la sociedad era una ventaja, y tenía la intención de usarla para hacer una entrevista en exclusiva, si podía arreglarlo.

Le llevé la cena a Steven Scarabelli a su habitación del tercer piso, plenamente consciente de que, al menos de momento, era la única reportera con acceso a él. Tenía la intención de sacar ventaja.

Mi estómago rugió por el aroma que emanaba del asado. Era un plato combinado con una ración doble de carne, pudin de Yorkshire, zanahorias, dos cucharadas de puré de patatas y una guarnición separada de salsa. Se me hizo la boca agua cuando me di cuenta de que no había comido nada desde la mañana.

Casi choqué con la tía Amber cuando bajaba las escaleras, maleta en mano.

—Tía Amber, ¿dónde vas? Sabes que no puedes marcharte.

—No puedo quedarme aquí, Cen. No en el mismo lugar que un asesino a sangre fría. ¿Y si soy su siguiente objetivo?

—No lo serás.

Sostenía el plato con una mano mientras me agarraba al pasamanos con la otra.

—Eso no lo sabes. Traicionó a Rose, a Dirk y, finalmente, a mí. Ya he tenido suficiente con ese hombre.

Dejó la maleta sobre la alfombra en el rellano.

Como de costumbre, la tía Amber había hecho que todo girara sobre ella.

—Pero fue Dirk quien quería despedirte. Yo estaba allí. Lo oí con mis propios oídos.

—Desearía que dejaras de decir eso. —La tía Amber contuvo en aliento—. Estás equivocada.

—No, no lo estoy. ¿Recuerdas cuándo me presentaste a Dirk? Tú fuiste hacia el set, pero yo no. Vi a Steven discutiendo con Dirk en los exteriores del banco. No hablaban sobre el guion, hablaban sobre ti.

La tía Amber puso los brazos en jarra con indignación.

—Claro que hablaban sobre mí. Dirk me estaba defendiendo. Era un amigo muy leal.

Negué con la cabeza lentamente.

—Me temo que no es el caso. Dirk le dio a Steven un ultimátum: si Steven no te despedía, Dirk se marcharía. Steven protestó, pero al final, tuvo que aceptar las exigencias de Dirk. No podía filmar la película sin Dirk. Como había firmado todos los contratos, tendría que pagar al elenco y al equipo. Dirk lo llevaría a la quiebra. Y tanto los trabajadores de la película como él, se quedarían sin trabajo. ¿Qué otra posibilidad tenía Steven?

—Te equivocas —repitió la tía Amber con los ojos llenos de lágrimas—. O puede que estés del lado de Steven. Los ha vuelto a todos en mi contra.

—¿Crees que te mentiría, tía Amber?

—No lo sé —sollozó—. Toda la gente en quien confiaba se ha vuelto en mi contra. He tenido bastante en este sitio. Me vuelvo a Londres.

Cogió la maleta y bajó las escaleras.

Suspiré, frustrada. La tía Amber seguía viendo la tragedia desde su punto de vista, sin ponerse en el lugar de Steven.

—No puedes irte, se lo prometiste a Tyler, ¿recuerdas? Necesitas su permiso para salir de la ciudad.

La tía Amber ya estaba al pie de las escaleras. Levantó la cabeza y me miró con enojo.

—No necesito el permiso de nadie. Hago lo que quiero cuando quiero.

Volví a suspirar. No quería que Brayden tuviera otra excusa para despedir a Tyler.

—Por favor, no te vayas, tía Amber. Quédate por Tyler. Por mí.

—No me lo puedo creer.

Por primera vez había un rastro de incertidumbre en su voz. Sus ojos iban sin parar de la puerta hacia mí.

—¿Quieres pruebas? Quizá pueda conseguirlas.

Mi magia apenas era capaz de devolverme al momento de la discusión de Steven y Dirk, mucho menos para llevarme a Amber conmigo.

—Podemos hacer un hechizo de retroceso y te lo muestro.

—«¿Podemos?» —La tía Amber hizo comillas con los dedos—. Tienes que controlar la magia sola, Cen. No siempre estaremos ahí para ayudarte.

—No quería decir...

—Tienes que concentrarte.

—Vale, de acuerdo —dije con voz firme intentando no mostrar el dolor que sentía. De algún modo, fuera el que fuera, tenía que mostrarle a tía Amber la verdad—. Lo conseguiré, ya verás.

La tía Amber puso los ojos en blanco.

—No sé cómo podría ayudar un hechizo de retroceso. No estuve contigo cuando escuchaste a Dirk y a Steven. ¿Cómo puedo volver a un lugar en el que nunca he estado?

La inspiración me llegó de golpe.

—Espera, tengo una idea. Dirk y Steven estaban fuera del banco. Quizá una de las cámaras que grababan la escena del robo estaba encendida y captó la conversación.

Era demasiado esperar, pero valía la pena intentarlo.

Eso despertó el interés de la tía Amber.

—Si hay una película, quiero verla.

—Ven conmigo mientras entrego esta cena.

Tyler no lo permitiría, así que tendría que hacerlo sin que se enterara. Me sentía fatal por ello, pero si la tía Amber no retiraba su acusación contra Steven, la investigación estaba irremediablemente perdida.

O peor. Podrían condenar por asesinato a un hombre inocente.

—Sabes que Steven no pudo haber matado a Dirk. No estaba cerca de él.

Expliqué los movimientos que le había visto hacer a Steven, con cuidado de no mencionar nada de la investigación de asesinato.

—¿Y qué? Puede que usara efectos especial para disimular la trayectoria de la bala. No sé cómo, pero estoy segura de que está involucrado de algún modo. Tal vez contrató a un sicario para que hiciera el trabajo sucio.

Me empujó al subir las escaleras y metió el codo en el puré de patatas.

Miré con desaliento el puré desmontado.

—Mira lo que has hecho.

—¿En serio, Cen? ¿Te preocupa que tu montaña de puré de patatas no sea perfecta mientras estamos encerradas con un asesino?

Negué con la cabeza.

—No puedo entregar la comida así. Parece que alguien haya metido el dedo. —Steven asumiría que ese alguien había sido yo y disminuiría significativamente mis posibilidades de conseguir una entrevista exclusiva—. Arréglalo, por favor.

La tía Amber puso los ojos en blanco.

—Deberías poder hacerlo tú misma, Cen. Es magia básica, por el amor de dios. Los de tu generación lo dais todo por hecho. Tienes que entrenar tus poderes antes de que sea demasiado tarde.

Empecé a protestar, pero no tenía sentido discutir. En cambio, apelé al ego de la tía Amber.

—Porfa... tienes mucho más arte que yo.

Eso funcionó. Agito la mano y la montaña volvió a ser tan perfecta como antes.

—Hay algo más: no podemos encontrar al asesino de Dirk sin tu ayuda. Sabes que no es Steven. Alguien de aquí sabe algo, y de entre todas las estrellas... —Hice una pausa dramática para que la palabra surtiera efecto—. Eres la única ajena a Hollywood. Estás en una posición única para ayudar.

—¿Lo estoy?

La tía Amber parecía dudosa y desconfiada.

Asentí.

—Eres esencial para resolver el crimen porque eras cercana a Dirk.

«Y a Steven», me habría gustado añadir, pero no me atrevía a pronunciar su nombre. No quería echar más leña al fuego que se había encendido cuando la despidió.

—Era cercana a Dirk y también a Rose. Los dos se preocupaban por mí. —La tía Amber se llevó las manos a la boca y se le rompió la voz—. Ahora ya no están ninguno de los dos.

Eché un vistazo a la carne asada, que ya no quemaba exactamente. Dudaba mucho que la tía Amber hubiera sido la catalizadora de la exitosa carrera de Dirk, pero ahora ya nada de eso importaba. Sin embargo, había algo que tenía que saber.

—¿De verdad Rose murió por un aneurisma cerebral?

—No lo sé. Que hayan muerto los dos me parece demasiada coincidencia. —Se secó una lágrima de la mejilla—. Ella era la viva imagen de la salud.

—Lamento hablar de eso en un momento así, pero a mí también me parece sospechoso.

Pensé que más tarde comprobaría los detalles.

—Más que sospechoso. Cierra el caso contra Steven. Los mató a los dos —dijo la tía Amber—. Confiaron en él y ahora están muertos.

—No creo que haya sido él, tía Amber. Está económicamente arruinado. Sufre más por las muertes que nadie. Tiene que haber sido otra persona.

Miré por el pasillo, temiendo que alguien nos escuchara. Ahora que la tía Amber se había calmado, me estaba proporcionado información realmente útil. Quería que siguiera hablando.

—Tendríamos que hablar en privado. Ven arriba conmigo. Entrego esta cena y hablamos.

—De acuerdo.

Subió las escaleras delante de mí, deteniéndose en el segundo piso para dejar la maleta junto al pasamanos.

—¿Dónde?

—En el tercer piso.

Me negué a decirle para quién era el plato. Si hubiera sabido que era para Steven, no habría venido.

Estaba de mejor humor.

Desafortunadamente, eso significaba que su luto había sido reemplazado por una diatriba contra Steven.

—Steven se puso como loco con Dirk sin ninguna razón.

—Lo puedo entender. Había invertido todo su dinero en la producción cuando Dirk lo abandonó.

Disminuí la marcha cuando nos acercamos a la puerta de Steven. No quería que escuchara.

—Hay algo más —dijo la tía Amber—. Steven también estaba enfadado con Bill. Tendrías que preguntárselo a Bill mismo.

Era difícil leer la expresión de la tía Amber en el pasillo tan poco iluminado.

—Puede que lo haga.

Llamé suavemente a la puerta de Steven, preparándome para lo que venía. Esperaba que la tía Amber fuera al menos civilizada con Steven, pero quizá lo mejor para ambos fuera simplemente hacer las paces.

No tenía que haberme preocupado por su disputa. Nos enfrentábamos un problema mucho mayor, uno que no hubiera esperado ni en un millón de años.

CAPÍTULO 20

La puerta de Steven se abrió cuando la golpeé, haciendo que perdiera el equilibrio. La bandeja de la cena se tambaleó peligrosamente, pero de algún modo me las arreglé para estabilizarme y sujetarla.

—¿Hola?

La puerta estaba entreabierta y todo estaba inquietantemente tranquilo. Me sentí rara al entrar sabiendo que Steven estaba allí.

No hubo respuesta.

—¿Seguro que es esta habitación, Cen? —preguntó la tía Amber.

No contesté, solo estiré el cuello para mirar dentro de la puerta entreabierta. Las luces estaban apagadas, las cortinas echadas y la habitación estaba a oscuras, excepto por una franja de luz que salía de la puerta también entreabierta del baño. La luz iluminaba algo en el suelo cerca de la puerta de entrada. Parecía un montón de ropa o de sábanas. Empujé suavemente la puerta, pero no se movió. Fuera lo que fuera, me impedía abrir la puerta.

Mientras los ojos se me adaptaban lentamente a la oscuridad, vi un par de pies. Estaba conectados al bulto del suelo.

—¡No! —exclamé y salté hacia atrás horrorizada.

—¿Qué? ¿Qué pasa?

La tía Amber me empujó para poder ver.

Metí la mano en el interior, accioné el interruptor de la luz y retrocedí con espanto. El suelo estaba cubierto de sangre.

Ante í yacía el cuerpo inmóvil de Steven Scarabelli.

La tía Amber me empujó de nuevo, y esta vez la puerta pasó junto a los pies de Steven y se abrió de par en par. La bandeja de la cena voló de mis manos y cayó al suelo con un fuerte estrépito. El puré y la carne asada se derramaron por todas partes antes de que la bandeja cayera sobre los pies de Steven.

Di un paso atrás y choqué con la tía Amber, cuyo rostro estaba ahora a pocos centímetros del mío. Ambas gritamos.

—Oh, no. Steven no.

Me llevé la mano a la boca.

—Cen, qué diablos...

La tía Amber trastabilló hacia detrás.

—No mires.

Mis ojos fueron desde los pies hasta el rostro de Steven, congelado en una mueca eterna. Un cuchillo le sobresalía del pecho. Abrí la boca, pero las palabras no salieron. Señalé el cuerpo con impotencia.

—¿Que no mire qué? —La tía Amber me empujó y se detuvo en seco—. ¡Madre mía! ¡Ayuda!

Eché un vistazo a la habitación. Además del cuerpo sin vida de Steven, no había nada fuera de lo normal. Excepto por la carne asada que acababa de contaminar la escena del crimen.

—Tía Amber, espera. —Señalé las gotas de puré que cubrían las piernas de Steven—. Creo que acabo de comprometer las pruebas forenses. ¡Esto es un desastre!

Se le agrandaron los ojos mientras lo asimilaba todo.

—Sí, es un desastre. Podría hacer un hechizo de retroceso.

Negué con la cabeza.

—No podemos hacer nada, es la escena de un crimen.

Me mortificaba que pudiera llegar a considerar tal cosa.

—Vale. Supongo que sí. —Una lágrima se resbaló por el rostro de la tía Amber cuando se arrodilló junto a Steven—. Nunca tuvimos la oportunidad de arreglar las cosas. ¿Quién haría algo así?

La levanté y la aparté del cuerpo de Steven.

—Será mejor que salgamos de aquí antes de que empeoremos aún más las cosas.

Saqué el móvil y marqué el número de Tyler.

—Steven, he encontrado el fon... ¡joder! —Bill estaba junto a la puerta con una expresión de asombro en el rostro—. ¿Qué narices ha pasado?

La tía Amber sollozó.

—¡Steven está muerto! Cen le estaba trayendo la cena y...

Sus palabras se transformaron en un gemido incoherente mientras la guiaba a ella y a Bill hacia el pasillo.

Tyler llegó corriendo hasta nosotros y señaló a Bill.

—¿Estabais con él?

Bill negó con la cabeza.

—Acababa de venir a la suite a tomar una copa. He estado aquí hace unos minutos y he ido a la habitación a por algo más para beber. —Levantó una botella de whisky de aspecto caro—. He salido hace un par de minutos.

Había pasado menos de media hora desde que Steven había vuelto a su habitación.

—¿Hay alguien más dentro o fuera de la habitación?

Tyler frunció el ceño mientras escudriñaba la habitación en busca de pruebas o de algo fuera de lo común. La cama, el escritorio y el baño parecían intactos. El único signo de ocupación era una maleta abierta junto al escritorio.

—No lo creo —dijo Bill—. Cuando he venido la primera vez ha dicho que acababa de volver de dar un paseo por el jardín. Dio una vuelta por allí cuando salió del bar. Dijo que había estado pensando en la película y en la sustitución de Dirk.

Un fajo de papeles yacía sobre el escritorio. Cuando me acerqué, vi que era el guion de una película. Las páginas estaban escritas con tinta roja. Había comentarios enojados y signos de exclamación garabateados por todas las páginas. Me incliné para estudiarlo más de cerca y vi que muchos de los comentarios estaban firmados con una D inicial, que supuse que sería de Dirk.

—Es una copia marcada de *Atraco a medianoche* —dije, aunque nadie me estaba prestando atención.

Tyler y Bill estaban cerca del baño, mientras que la tía Amber se encontraba junto a la puerta.

—Juro que no había nadie aquí cuando me he ido. Y solo he estado fuera un minuto. Mi habitación está al lado, así que no sé por qué no he oído nada. —Bill negó con la cabeza—. Este es un pueblo peligroso. ¿Qué demonios está pasando?

Olí el alcohol en el aliento de Dirk, aunque estaba a medio metro de distancia. O mentía o el alcohol había distorsionado su noción del tiempo. Definitivamente, alguien había visitado la habitación.

—La ventana está abierta —señalé. Las cortinas cerradas ondulaban suavemente por la brisa de la tarde—. Tal vez el asesino se haya marchado por la escalera de incendios.

Tyler se acercó y abrió las cortinas. Se inclinó por la ventana para ver mejor el suelo que había debajo.

Lo seguí y me asomé por la ventana. La escalera de incendios acababa en el segundo piso. Desde allí había una caída de tres o cuatro metros hasta el césped. Parecía una ruta de escape probable. Era imposible de ver desde donde estábamos en el tercer piso, pero el asesino podía haber dejado huellas u otras pruebas. A menos que el sospechoso hubiera escapado por el pasillo, lo que implicaba que el asesino todavía estaría dentro del hostal. Me estremecí involuntariamente.

Bajé la voz para que Bill y la tía Amber no pudieran oír.

—Supongo que ahora Brayden no podrá enfadarse contigo.

Suspiró.

—No puedo culpar a un hombre muerto, ¿verdad? Espero no ser el único que haya quitado a Steven de la lista de sospechosos.

La tía Amber se volvió hacia Bill.

—Steven se comportaba de un modo extraño últimamente, como cuando te gritó por el arma que faltaba.

—Olvídate de eso.

Bill movió la mano restándole importancia. Parecía ansioso por irse.

—Espera, ¿qué es eso del arma perdida?

Tyler se apartó de la ventana para mirar a Bill.

—Le conté a Steven todo sobre el arma que faltaba cuando lo noté —explicó Bill—. Me dijo que no me preocupara por ello. Que tenía cosas más importantes de las que preocuparme.

—¿Por qué no lo mencionaste antes? Es un detalle importante.

—Es mi jefe. O lo era. —Los ojos de Bill se llenaron de lágrimas—. Estaba encubriéndolo. Pensé que se metería en problemas por el arma que faltaba. Ya sabes, parece que mató a Dirk. Es algo irrelevante ahora, porque Steven nunca le habría hecho daño a Dirk. Ni a nadie.

—Yo decidiré si es o no relevante —dijo Tyler—. Es importante si el arma se ha utilizado en un asesinato.

La tía Amber se llevó una mano a la boca y se volvió hacia mí.

—¿En qué momento se ha convertido Westwick Corners en un lugar tan peligroso? Ya no reconozco este pueblo.

—Tendrías que habérmelo dicho, Bill —repitió Tyler frunciendo el ceño—. ¿Qué más estás encubriendo?

—Nada, lo juro. Mira, lo único que sé es que le conté lo del arma y dijo que había otras cosas de las que preocuparse. Qué cosas eran, no lo sé. —Bill levantó las manos con las palmas hacia afuera en señal de rendición—. No quería que ningún arma cayera en manos indeseadas, pero cuando le sugerí contárselo a la policía, Steven dijo que no había que molestarse. Intenté razonar con él, pero él es el jefe.

La única persona que sabía que era inocente era Steven, y ahora tenía un cuchillo en el pecho. El hombre al que todos amaban aparentemente tenía al menos un enemigo.

Quizá la tía Amber no exagerara sobre su seguridad personal después de todo. mientras no tuviéramos claros los motivos del asesino, todos los demás miembros de la película también estaban en peligro.

Me estremecí al ver a la tía Amber secándose las lágrimas con la manga.

¿Quién sería el siguiente?

CAPÍTULO 21

Tyler llamó al médico forense y a la Unidad de Delitos de Shady Creek para que volvieran al hostal. La tía Amber y yo montamos guardia en la puerta de la suite de Steven mientras Tyler examinaba la escena. El personal de Shady Creek llegó en tiempo récord y Tyler dejó la escena en sus manos en una hora. Luego fuimos bajo.

Tyler nos había hecho prometer a todos, incluso a Bill, que guardaríamos el secreto. No quería que se divulgara ningún detalle hasta que se procesara la escena del crimen y se levantara el cuerpo de Steven. Entendía el motivo. Todos se asustarían y correrían inmediatamente hacia arriba. Y sería algo bastante difícil de manejar, ya que Tyler era la única autoridad policial. Con dos asesinatos, las cosas se estaban poniendo feas.

Se me hundió el corazón cuando llegamos al comedor. Brayden seguía en su mesa e inmediatamente se dio cuenta de que la tía Amber estaba suelta cuando atravesó el comedor directa a la cocina. Había arruinado su posibilidad de arresto domiciliario en el hostal, por lo que Tyler no tendría más remedio que llevarla a la comisaría de policía.

Pero primero, tenía que dar algunas explicaciones antes de que

Brayden viera aparcada de nuevo la furgoneta de la policía forense de Shady Creek. Pero resultó que ya la había visto. Incluso le había informado el médico forense de camino. Las cosas no pintaban nada bien para Tyler. Me esperaba ver aparecer a la policía estatal en cualquier momento.

Brayden señaló hacia la puerta de la cocina detrás de la cual se escondía la tía Amber.

—Sácala de aquí.

Me pregunté si Brayden pensaría que la tía Amber también era culpable del asesinato de Steven. Parecía absurdo. Pero basándose en la confesión anterior de la tía Amber diciendo que era cómplice de Steven, puede que creyera que Amber había cometido un doble asesinato.

Tyler señaló con la cabeza en dirección a la cocina.

—Ahora me la llevo, pero primero tengo algo que decirte.

—Podemos hablar después.

Brayden parecía terriblemente tranquilo, teniendo en cuenta lo que acababa de suceder.

Demasiado tranquilo, de hecho. Ahora estaba segura de que la policía estatal estaba de camino. No había nada que pudiera hacer ni objetar sin causarle más problemas a Tyler. Así que saqué a la tía Amber de la cocina y nos reunimos con Tyler fuera. Las dos nos sentamos en el asiento trasero y Tyler condujo colina abajo pasando por la puerta principal donde se reunían los fans de Dirk.

Mi tía bajó la ventanilla y sacó la cabeza.

—¡Ayuda! ¡Me han culpado!

Me lancé hacia ella, pero el cinturón de seguridad me retuvo.

—Para, tía Amber. Te estas comportando como una niñata consentida.

Los ojos de Tyler se encontraron con los míos en el espejo retrovisor. No dijo nada.

—Actuar. Es lo que hago. —La tía Amber hizo un puchero—. Es mi única oportunidad para conseguir algo de drama.

—Pues déjalo. Es totalmente inapropiado en un momento como este. Eres peor que la tía Pearl.

Tenía los nervios al límite y no sabía cuánto más podría aguantar. Me sentí especialmente mal por mamá, ocupándose del hostal ella sola mientras sus hermanas sembraban el caos. Probablemente la tía Pearl estuviera quemando el bar en aquel mismo momento.

Continuamos el resto del trayecto hasta el ayuntamiento en silencio. El parking estaba totalmente ocupado por los camiones de la película.

Tyler maldijo en voz baja y puso dirección a otro parking a una manzana de distancia. Ayudé a la tía Amber a salir del coche y le puse una chaqueta sobre las muñecas para esconder las esposas, pero ella se la quitó y levantó las manos.

—¡Soy inocente! —gritó la tía Amber tambaleándose por la Calle Mayor hasta el ayuntamiento—. La justicia es una farsa.

Por suerte, la calle estaba tan vacía como era habitual. Todo el equipo de la película estaba en el hostal o en alguna otra arte.

Eso no hizo que los dramatismos de la tía Amber me molestaran menos. Los tres caminamos por la calle, cansados y abatidos. Tyler iba a un lado de la tía Amber y yo al otro. Nos dirigíamos al despacho de Tyler en el ayuntamiento.

Al acercarnos, vi un destello. Al principio pensé que las seis o siete personas que había eran parte de la película, pero no me sonaban. Cuando nos acercamos recordé que algunos fanáticos de Dirk se habían reunido en el centro. Solo que no eran sus fans.

Había también un puñado de periodistas. La noticia se había dado a conocer, al menos lo de Dirk. Me pregunté cuánto tardarían en descubrir lo de Steven.

Se acercaron varias furgonetas y de repente había tantos coches de alquiler y furgonetas que habían creado su propio tráfico de hora punta. Teniendo en cuenta el nivel de actividad, temí que ya se hubiera filtrado la noticia de la muerte de Steven. Tenían que haber sido Bill o la tía Amber, nadie más o sabia.

—¿Has...?

La tía Amber me hizo callar con un gesto de mano.

—Estoy ejerciendo los derechos que me concede la quinta enmienda, así que no preguntes.

—Pero es importante, tía Amber. ¿Por qué lo haces todo tan difícil?

Me ignoró. Fuera cual fuera la razón, la prensa estaba en la Calle Mayor en su máximo esplendor. Me sorprendió ver una furgoneta de la CNN estacionada al otro lado de la calle.

No llamamos mucho la atención hasta que la tía Amber vio las cámaras.

Se paró en seco y casi me hizo caer.

—Oye, esa mujer es de la CNN. Estamos en la televisión nacional —dijo sonriendo falsamente hacia las cámaras.

Le tiré del brazo.

—Entremos. No les interesáis ni tú ni la película, tía Amber. Están aquí por el asesinato de Dirk.

Era imposible que ya supieran lo de Steven.

La tía Amber se volvió hacia las cámaras y gritó:

—¡Socorro!

Apreté los dientes la agarré del brazo para evitar que huyera corriendo.

—Vamos a entrar.

En aquel momento ya nos rodeaba un puñado de periodistas tendiendo hacia nosotros grabadoras y micrófonos.

—¿Lo mató?

—¡Por supuesto que no! —exclamó la tía Amber soltándose de mi agarre—. No maté a Steven Scarabelli como venganza por haber matado a Dirk.

—¿Qué? ¡Espere! —Una mujer rubia de unos treinta y tantos vestida para la televisión se acercó más y colocó una grabadora frente a la cara de la tía Amber—. ¿Steven Scarabelli también está muerto?

La tía Amber se volvió hacia mí como si estuviera en trance.

—¿No puedo conceder una entrevista?

—¡Claro que no! —dijo Tyler con rostro serio—. La única entrevista que va a conceder es a mí. Una investigación por asesinato es algo serio, Amber. Él único que va a hablar con los medios soy yo. ¿Entendido?

—Entendido. —La tía Pearl parecía abatida—. Sois tal para cual.

Tan estirados y siguiendo la ley al pie de la letra. ¡No me extraña que necesites una poción de amor!

Tyler buscó mi mirada con expresión de desconcierto.

—¿Te lo ha dicho la abuela? ¿Por qué…? Da igual.

Empecé a protestar, pero me detuve en seco. Todas las miradas estaban puestas sobre nosotros, y cualquier cosa que dijéramos o hiciéramos podía convertirse en noticia. Al parecer Tyler y yo también éramos fuente de cotilleos, al menos entre mi familia.

Me pareció una eternidad, pero al final conseguimos llegar al ayuntamiento y entramos. Tyler cerró la puerta detrás de nosotros.

—Me pregunto si estaré en portada —comentó la tía Amber con las mejillas rojas de emoción.

Estaba encantada con la atención de los medios, aunque se especulara que era una asesina.

—Déjalo, tía Amber —siseé—. Dirk Diamond y Steven Scarabelli son portada, no tú. Nadie sabe quién eres. A nadie le importa.

Hizo pucheros.

—No sé de dónde heredaste tu maldad, Cendrine West. Claramente no de mí.

—Estás desviando la investigación, tía Amber. No es momento para actuar ni dramatizar. Si de verdad te importa, ¿por qué no haces algo productivo y cooperas con la investigación?

—Vale, bien —dijo—. Bill no fue el último en ver a Steven en vida. Fui yo.

CAPÍTULO 22

La tía Amber estuvo casi una hora entera relatando sus últimos momentos con Steven Scarabelli. Afirmaba ser la última persona que lo había visto en vida. Eso contradecía la declaración de Bill de que solo había dejado a Steven un momento cuando había ido a la habitación de al lado. Solo podía haber una verdad, así que uno de los dos mentía.

En realidad, a ambos les habían pillado mintiendo varias veces, por lo que ninguno de los dos era un testigo fiable. Eso me preocupaba. Que la tía Amber retuviera información era, como poco, sospechoso.

Cuando salió de Embrujo fue a la cocina a ayudar a mamá a limpiar y luego dio un paseo por los alrededores. Afirmaba haberse encontrado con Steven en los jardines que rodeaban el hostal. Según la tía Amber, habían llegado a una especie de tregua sobre su despido.

—Entonces volví al comedor, tú misma me viste allí.

Su sonrisa estaba totalmente fuera de lugar.

Recordé verla sentada al lado de la cocina, colorada como una atleta de fondo que acababa de cruzar la línea meta.

Sabía que mentía. Había hecho más que solo pasear por el jardín. No solo eso, sino que dudaba que hubiera algo que negociar sobre su papel en la película. Todo se había desvanecido con la muerte de Dirk. Sin Dirk no había película.

Tyler levantó la mirada de la libreta.

—Así que después del paseo, Steven subió por las escaleras y usted entró al comedor.

—Sí, eso es lo que pasó. —Se sonrojó y bajó la mirada—. Entré por la puerta de la cocina.

—¿Hay algún testigo?

Si había entrado por la cocina, mamá la habría visto. Estaba mintiendo y lo sabía.

La tía Amber no respondió.

Tyler frunció el ceño.

—Creo que se encontraba en la habitación de Steven, lo admita o no. Mentir solo la mete en más problemas. Puede que incluso en la cárcel.

Amber se encogió de hombros y miró a su alrededor.

—Ya estoy en la cárcel.

—Sabe a lo que me refiero, Amber, de verdad.

Tyler se pasó los dedos por el pelo y suspiró.

—Sinceramente, sería más fácil para mí entregarla simplemente a la policía estatal. Y al mismo tiempo me sacaría a Brayden de encima.

—¡No! ¡No puede hacer eso!

Esperaba que fuera un farol, pero no podía culparlo si ya había tenido suficiente.

La tía Amber comenzó a murmurar en voz baja. Cuando me acerqué para intentar entender sus palabras, empecé a sentirme somnolienta.

—Un, dos, tres, que no esté...

Levanté la cabeza.

—¡Para, tía Amber! No puedes usar la magia para encubrir un crimen. Lo sabes mejor que nadie.

La tía Amber que conocía era una respetada ejecutiva de alto rango en la AIAB, no una tramposa. La tía Amber que conocía seguía las reglas. No saboteaba investigaciones. Me sorprendía su comportamiento, era una extraña para mí.

—Solo quería volver a poner las cosas donde estaban antes de que lo estropeara todo. —Se secó una lágrima—. Estoy hasta el cuello.

Me quedé boquiabierta.

—¿Quieres decir que has manipulado las pruebas? Me sorprende que hicieras tal cosa.

La expresión de la tía Amber parecía genuina. Supuse que sus habilidades actorales eran mejor de lo que creía.

—¿Por qué no? Sé que no maté a Steven, así que no quiero que Tyler malgaste su tiempo investigándome.

—¿Estuviste en la habitación de Steven después de que muriera? ¿Por qué?

Tyler se inclinó hacia delante.

—No llegamos a reconciliarnos durante nuestra conversación en el jardín porque seguía pensando que Steven mentía. Después me di cuenta de que era cierto: Dirk había hecho que Steven me despidiera. Subí para disculparme, pero era demasiado tarde. —Sollozó cubriéndose el rostro con las manos—. Aunque, evidentemente, yo no lo maté.

—¿Habías estado en la habitación antes de que le subiéramos la cena a Steven? —Recordé su histeria. Sí que era buena actriz—. ¿Por qué no dijiste nada?

—No sé, supongo que estaba demasiado asustada. Entre eso y editar la película, supongo que pensé...

Me levanté de un salto.

—¿Cómo que editar la película? ¿De qué hablas?

—Bueno, Pearl y yo pensamos que sería un bonito detalle seguir adelante y acabar la película. Ya sabes, con la muerte de Dirk y todo eso... De todas formas, Pearl añadió efectos especiales y editamos la película un poco. Cortamos las tomas malas y esas cosas. Solo nos quedaba agregar mis escenas a la película.

—Un momento, ¿qué tomas malas?

Por lo que sabía, la tenía Pearl no tenía ninguna experiencia en producción cinematográfica.

—Ya sabes, cuando un actor se equivoca de frase y todo eso. Creí que si hacíamos un poco de limpieza ayudaríamos a todos. Pearl y yo solo adelantamos el trabajo de postproducción con un poco de magia para que todos tuvieran menos cosas que hacer.

—Para que la película acabara antes —dije.

—Casi habíamos acabado cuando Tyler nos la cogió. —Negó con la cabeza—. Un montón de cortes. Era un desastre hasta que lo arreglamos.

—¿Quieres decir que la película que hemos estado revisando todo el tiempo no es la original? ¿Tienes una copia de la original?

Se encogió de hombros.

—Pearl la tenía, pero no sé qué habrá hecho con ella.

Tenía que conseguir las tomas originales antes de que se perdieran para siempre.

Si es que no era demasiado tarde.

CAPÍTULO 23

Busqué a la tía Pearl por todas partes, pero no había manera de encontrarla. No estaba en el centro, ni en el hostal, ni siquiera en la Escuela de Encanto Pearl.

Iba de camino a Embrujo mientras Tyler seguía preguntándole detalles a Bill en el comedor. Escuché voces ebrias al acercarme al bar. A juzgar por los niveles de ruido, estaba aún más lleno que antes. Habría gente del pueblo se habrían desplazado para unirse al elenco y el equipo.

Abrí la puerta y analicé el bar, tomando nota de qué miembros de la película había presentes. Inmediatamente, me preocupé. Estaban casi todos borrachos, lo que se podía comprobar al ver sus tambaleos, insultos y bebidas derramadas.

No sabía cuánto me podría fiar de ellos como testigos para la coartada de Bill.

Esperar hasta el día siguiente me parecía demasiado, ¿pero qué elección tenía?

Vi a Kim Antonelli, la antigua agente de Dirk, en la barra. Estaba tranquilamente sentada frente a una copa de vino demasiado llena.

Me sentí aliviada al ver a la tía Pearl atendiendo la barra. Al menos estaba ocupada, aunque fuera demasiado generosa a la hora de servir. Me vio y me sonrió. Me extrañó su inusual buen humor, pero al menos no había vuelto a cambiar a su alter ego Carolyn Conroe como solía hacer cuando estaba en el bar. Ya teníamos suficientes problemas.

Me dirigí hacia la barra justo cuando Rick Mazure, el guionista, se acercó a Kim. Le pasó un brazo por los hombros y le dio una palmadita en la espalda. Se sentó en un taburete junto a ella.

—Supongo que te has quedado sin trabajo.

A Rick se le enredaba la lengua, obviamente había estado bebiendo en exceso en las últimas horas.

Me uní a la tía Pearl detrás de la barra.

—La tía Amber me ha contado vuestra aventura de edición. Necesito las imágenes originales. ¿Dónde están?

—No sé de qué hablas.

Se le desvaneció la sonrisa mientras limpiaba una mancha inexistente en la barra.

—La tía Amber está en la cárcel, la han acusado de asesinato. Esa película es lo único que puede salvarla. ¿La tienes o no?

La parte de la película era un poco exagerada, pero podía hacerse realidad en unas horas.

—¿Cuánto me das por ella?

Entornó los ojos estudiando mi reacción.

—No es momento de hacer negocio, tía Pearl. ¿La tienes o no?

—No. —Siguió limpiando la mancha invisible de la barra—. Aunque la tuviera, no me incriminaría a mí misma.

—¿De verdad quieres ver a la tía Amber en un juicio por asesinato? Cuando se haga cargo la policía estatal Tyler no podrá hacer nada. Llegarán en cualquier momento.

Incluso la tía Pearl tenía corazón. A pesar de su continua rivalidad con la tía Amber, nunca dejaría que la acusaran injustamente.

Me miró a los ojos cuando oyó la mención a la policía estatal. Se metió la mano en el bolsillo y sacó una tarjeta de memoria. Me la puso en la palma de la mano.

—Me debes una.

—Claro —dije—. ¿Por qué no te tomas un descanso? Te sustituyo un rato.

Para mi sorpresa, accedió. Tener a la tía Pearl ocupada era mejor que tenerla libre, pero la quería lejos de los miembros de la película por si se le ocurría otra mala idea. No quería que le creara más problemas a Tyler y a la investigación.

Me guardé la tarjeta en el bolsillo pensando que tenía que encontrarme con Tyler y volver corriendo a la comisaría de policía. Pero había oído pequeños retazos de la conversación que estaban manteniendo Rick y Kim y necesitaba saber más.

Esa era la otra razón por la que quería deshacerme de la tía Pearl, me daba una excusa para merodear alrededor de ellos. No quería perder la ocasión de escuchar a escondidas. Como agente de Dirk, Kim podría tener información sobre quién querría verlo muerto. Tyler ya le había tomado declaración, pero tal vez el vino y la atmósfera relajada del bar le aflojaran un poco la lengua.

Pero era su compañero quien hablaba todo el tiempo.

—Voy a ser rico, Kim. ¿Te apuntas o no?

Me puse a ordenar las botellas de detrás de la barra. Estaba de espaldas a ellos, pero mis oídos estaban atentos.

Kim no respondió. Me moría por darme la vuelta y observar su expresión, pero no quería llamar la atención. Tenía la sensación de que Kim no aprobaba lo que Rick le proponía o que no sabía de qué demonios hablaba. Dio un sorbo a la copa de vino y suspiró.

Rick pidió otra ronda y les serví un nuevo whisky a él y otra copa de vino para Kim. Me quedé frente a ellos todo el tiempo que pude limpiando la misma mancha imaginaria de la tía Pearl.

Rick vació su vaso de un trago y lo dejó con un golpe sobre la barra.

—Echaré de menos a Dirk, pero no a su temperamento. Nos trataba a todos como basura. Sobre todo a ti, Kimmie.

Puso la mano sobre la de Kim, ella quitó la suya lentamente y la puso fuera de su alcance.

—Dirk no era el mejor tipo del mundo, pero lo echaré de menos.

No sé qué voy a hacer sin él. Era mi único cliente, así que ahora no tengo trabajo.

—Puedes trabajar conmigo. —Volvió a acercar su mano a la de ella —. Voy a abrir mi propia empresa.

Kim negó con la cabeza.

—Soy agente, Rick. No escribo guiones, represento actores. Ojalá hubiera podido mantener más clientes, pero Dirk era demasiado exigente. Insistió en que trabajara con él exclusivamente. Pagaba bien, pero mira cómo he acabado. Me he quedado sin trabajo en un abrir y cerrar de ojos.

—No importa, Kim. Puedo hacerte rica. Dilo y contare contigo.

—¿Cómo exactamente?

Se tocó el bolsillo de la chaqueta.

—Tengo escrito el próximo Oscar, lo único que necesito es que me encuentres a los actores que le puedan dar vida.

CAPÍTULO 24

Tyler y yo habíamos revisado la película de la tía Pearl varias veces en la última hora. La tía Amber había tergiversado un poco el contenido. La película que me había dado no estaba exactamente sin editar. De hecho, era una versión mejorada con contenidos extra.

Pero ese contenido extra no se parecía en nada lo que incluían las películas habitualmente. En vez de tomas falsas, escenas eliminadas y finales alternativos, había algo totalmente diferente.

—¿En qué narices estabas pensando, tía Amber?

Mis dos tías se habían vuelto locas con la película, añadiendo explosiones y efectos de pirotecnia cada pocos minutos, además de añadir un nuevo papel para la tía Amber. Ahora era ella la protagonista en lugar de Dirk. El único *Atraco a medianoche* había sido las libertades que se habían tomado las dos con la película. Su voz resonó contra las pareces:

—No te oigo. No olvides que me tenéis encerrada en una celda.

—No puedo creer que hicieran esto.

Tyler se sacó las llaves del bolsillo y salió de la sala. Volvió en menos de un minuto con la tía Amber.

Técnicamente se suponía que debía permanecer en la celda, pero dadas las drásticas ediciones de la película, la necesitábamos en la sala de interrogatorios para explicarnos escena por escena.

Está claro que no se puede encerrar a una bruja y esperar que todo salga bien.

—¿No guardasteis una copia antes de introducir todos estos cambios?

El rostro de Tyler se enrojeció por la frustración que le provocaba la ausencia de la versión original.

La tía Amber negó lentamente con la cabeza.

—Pearl dijo que no me molestara porque no había tiempo. Estábamos intentando salvar la película después de la muerte de Dirk.

—¿Por qué queríais hacer algo así?

La miré fijamente sin entender.

—Queríamos acabar la película para que todo el mundo cobrara —dijo—. Pensamos que serían unas pocas escenas, así que nos la inventamos. El argumento es un poco diferente, pero, en mi opinión, es incluso mejor que el original.

—Madre mía.

Me recliné sobre el respaldo de la silla y miré hacia el techo. Estaba enfadada con mis tías, pero algo conmovida a la vez. Solo intentaban ayudar. No. intentaban ayudarse a sí mismas.

—¿No crees? —Nos sonrió dulcemente—. Está preparada para estrenarse y poder hacer una buena taquilla.

—¿Lo habéis hecho sin preguntar a nadie?

Dudaba que mis tías quisieran ayudar desinteresadamente. Las dos querían el reconocimiento y veían la película como un modo perfecto para promocionarse.

—No me hablaba con Steven, ¿recuerdas? Ahora está muerto, así que de todos modos no puede dar su opinión. Aquí nadie parece querer tomar la iniciativa, así que decidimos salvar la película. Y lo hicimos. Cómo lo hicimos no importa.

—Importa. Y mucho. La película original sin editar podría habernos ayudado a identificar al asesino de Dirk. —No dije nada del asesino de Steven porque no estaba segura de si estaban relacionados. La personalidad de la tía Amber a veces era un serio inconveniente—.

Ahora que habéis editado los vídeos es mucho más difícil utilizarlos como pruebas.

—Solo quería ayudar. —Una expresión de incerteza le cruzó el rostro—. Solo hemos usado nuestros talentos especiales, mi actuación y los efectos especiales de Pearl. No queríamos que Bill ni nadie se interpusiera en nuestro camino, así que no se lo dijimos a nadie. Se suponía que iba a ser una sorpresa.

—Ha sido una sorpresa.

Las escenas añadidas habrían sido cómicas de no ser por la gravedad de la situación. La tía Amber tenía varias apariciones estelares y escenas de llanto que estaban totalmente fuera de lugar para una película de acción, y había al menos seis o siete explosiones e incendios en las imágenes que habíamos visto hasta el momento, y solo llevábamos la mitad de la película.

Tyler pausó el vídeo y congeló la imagen del tiroteo.

—Ahí, mira a la izquierda. Se ve una mano y no pertenece a ninguno de los actores.

Miré fijamente la pantalla. La imagen estaba tan borrosa que era difícil saber si pertenecía a un hombre o a una mujer.

—No hay arma, pero está en el ángulo exacto desde el que se produjo el disparo. Ojalá pudiéramos ver más.

Me volví hacia la tía Amber.

—¿Seguro que no tienes las imágenes sin editar?

Negó lentamente con la cabeza.

—Lo siento. Supongo que nos dejamos llevar demasiado. Todavía puedo usarla para audiciones, ¿no?

—Lo dudo. Creo que la película a medio terminar pertenece a los herederos de Steven. No como tus fotografías.

Eso me dio una idea. El fotógrafo de la tía Amber había estado en el set, justo enfrente de la mano misteriosa.

—Oye, ¿tienes alguna foto de hoy?

—No, me las enviarán en un par de días.

—Necesitamos esas fotos, tía Amber. ¿Puedes llamar al fotógrafo y decirle que nos las envíe ya?

—No lo encuentro por ningún lado. He intentado llamarle, pero no contesta. Es como si se lo hubiera tragado la tierra.

Me volví hacia Tyler.

—Tenemos que localizar al fotógrafo de la tía Amber enseguida. El asesino podía estar detrás de ella cuando se estuvo haciendo las fotos. Puede que salga de fondo.

Tyler asintió.

—Con tanta cámara por todas partes cuesta de creer que no haya imágenes del asesino de Dirk. Y tras la muerte de Steven las cosas se están saliendo de madre.

Era cierto. Esperaba ver a Brayden irrumpir por la puerta en cualquier momento para despedir a Tyler. Me volví hacia la tía Amber.

—De acuerdo, voy a ver si puedo conseguirte un abogado. Necesitarás uno bueno para librarte de una doble acusación de asesinato.

—¿Qué? No. ¿Quieres al fotógrafo? —preguntó la tía Amber—. Puedo encontrarlo enseguida.

Caminé hacia ella.

—Pero si acabas de decir que no tenías ni idea de dónde está.

—Me he acordado de repente. Estoy dispuesta a hacer lo que sea necesario para... para resolver el caso.

Miró a Tyler, se sacó una tarjeta del bolsillo y se la entregó.

—Voy a intentar llamarlo. Cen, no dejes que se vaya a ninguna parte. Vuelvo en un minuto.

Lo vimos irse y cerramos la puerta tras él.

—No puede retenerme contra mi voluntad, ¿verdad? —protestó la tía Amber—. Voy a cooperar, Cen. Quizá tengas que llamar al abogado después de todo.

—Ahora mismo no estás encerrada, por si no te has dado cuenta. Y tú misma te o has buscado. No tendrías que haber confesado delante de Brayden. Sabes que quiere un culpable por encima de todo, se conformará con cualquiera.

—Solo intentaba destensar el ambiente. Mira dónde me ha llevado. —Amber pestañeó y se secó una lágrima inexistente—. Fue una confesión falsa que hice coaccionada.

—No puedes decir ese tipo de cosas, tía Amber. Das mala imagen de Tyler. Es probable que pierda su trabajo y no estás haciendo nada por facilitarle las cosas. El único modo de arreglarlo todo es resolver los asesinatos. ¿Dónde está el fotógrafo?

La tía Amber no respondió y se dio la vuelta. Me acerqué para intentar ver qué estaba haciendo. Me daba la espalda y movía los hombros y los brazos mientras hablaba a media voz.

ENCUENTRA las fotos y a su captor,
Tráelos aquí con ligereza y primor,
Por favor, haz que venga el creador,
Del pasado, el presente y el futuro alentador.

RECONOCÍ INMEDIATAMENTE EL HECHIZO BUMERÁN, aunque yo nunca había intentado lanzarlo. Era un hechizo de nivel intermedio que estaba por encima de mis posibilidades. También tenía graves consecuencias si no se hacía correctamente. Eran un tipo de hechizos que funcionaban tanto con personas como con objetos, por lo que los errores podían ser importantes. Era un hechizo delicado y poderoso, ya que cambiaba tanto el presente como el futuro.

No sabía por qué la tía Amber quería convocar al fotógrafo además de a las fotografías, pero puede que sea lo que se hace cuando no se sabe la ubicación exacta de un objeto. Si hubiera prestado atención durante las clases, probablemente lo sabría.

Esperamos.

Y esperamos.

Y no pasó nada.

—Ha pasado tanto tiempo que he perdido mis habilidades. —Sollozó entre sus manos—. He invertido mucho tiempo en mis clases de actuación a expensas de mi magia. He olvidado mis poderes, todo por una carrera cinematográfica condenada al fracaso. Cen, ¿qué he hecho?

Le pasé el brazo por los hombros.

—No pasa nada, tía Amber. Solo tienes un mal día.

Aunque la verdad es que estaba muy preocupada. La tía Amber

nunca había tenido problemas con la magia. Se le levantaban los hombros mientras lloraba descontroladamente.

—Estoy demasiado enfadada. Nada me sale bien.

—Deja que lo intente.

Supuse que cualquier desastre que pudiera provocar podría arreglarlo la tía Amber. Repetí el hechizo sin muchas esperanzas.

En pocos segundos una neblina se alzó desde el suelo a nuestro alrededor. Desapareció instantes después y fijé la mirada en un hombre alto, delgado, de ojos verdes y cabello rubio con prominentes entradas. Era el fotógrafo de la tía Amber.

Sentí el corazón en la garganta. ¿Por qué había funcionado mi hechizo y no el de la tía Amber? Si no sabía cuál había sido la diferencia, ¿cómo podría deshacerlo y enviarlo de vuelta más tarde? ¿Y si no podía devolver las cosas a la normalidad?

—¿Qué demonios acaba de pasar? —El fotógrafo miró a su alrededor—. ¿Cómo he llegado hasta aquí?

—Tranquilo —dijo la tía Amber—. Solo queremos hacerle unas preguntas. Y recuperar sus fotos.

—Pero todavía las tengo en la cámara. No he hecho nada con ellas. —Fulminó con la mirada a la tía Amber—. Me ha echado algo en el café, ¿verdad?

La tía Amber negó con la cabeza.

—No, pero no se preocupe. Va todo bien. Luego se lo explico. Ahora tenemos que ver las fotos.

Él miró hacia abajo para encontrarse con la cámara y sorprenderse al verla colgando de su cuello.

—Un momento. Dejé la cámara en el escritorio. ¿Cómo ha llegado hasta aquí? ¿Me han secuestrado? ¿Qué quieren?

—Las fotos, tonto. Entréganos la tarjeta de memoria y nadie saldrá herido.

La tía Amber extendió la mano mientras daba impacientes golpes con el pie.

El fotógrafo abrió la cámara, extrajo la tarjeta de memoria y se la entregó a la tía Amber.

—Todavía no entiendo lo que está pasando.

Pidió silencio.

—Deme un minuto.

—¡Tía Amber! No puedes… —La puerta se abrió de golpe y entró Tyler, rojo de ira—. ¿De dónde ha salido? No puedes usar la mag…

Tyler sabía que éramos brujas, pero no era consciente de cuánto podíamos ayudarlo.

Ni de cuánto nos necesitaba.

CAPÍTULO 25

Tyler se pasó la palma de la mano por la frente.

—Esto cada vez se pone peor. No puedes arreglar las cosas con magia. Solo oculta la verdad. Ya no sé qué es real ni que no.

Le cogí la mano.

—Te prometo que me aseguraré de que las cosas no se salgan de madre.

Aunque me preocupaba que ya hubiera ocurrido. No tenía control sobre mi familia, sobre todo en lo que respecta a la magia, pero Tyler no tenía que saberlo.

—Creo que estas son las fotos que buscaba. —La tía Amber le entregó a Tyler la tarjeta de memoria—. Compruébela antes de que lo deje marchar.

El fotógrafo examinó el uniforme de Tyler.

—¿Es poli de verdad? ¿Dónde estoy?

—Claro que es de verdad —espetó la tía Amber.

—Está en Westwick Corners, estúpido. Me hizo fotos, ¿recuerda?

—Recuerdo haberme marchado esta tarde. —Frunció el ceño—. Esto no es parte de la película, ¿verdad?

Nadie respondió.

—¿Qué narices me está pasando? —Empezó a sentir un sudor frío —. ¿Necesito un abogado?

—No, puede marcharse cuando quiera.

Intentó dirigirse hacia la puerta, pero los pies se le quedaron pegados al suelo. Se agachó para quitarse los zapatos, pero aun así no se pudo marchar.

—Algo va mal. ¿Por qué no me puedo mover?

—Haga lo que dice, Amber. Envíelo de vuelta —ordenó Tyler fulminándola con la mirada.

—¿Y si no están todas las fotos? Tendría que volverlo a invocar.

—Hazle caso a Tyler, tía Amber.

De repente recordé que había sido yo quien había hecho el hechizo. Probablemente la tía Amber no podría enviarlo de vuelta ni aunque quisiera.

—Supongo que tendré que hacerlo yo.

Lo intenté varias veces, pero no pasó nada.

La tía Amber también lo intentó.

Nada.

—¿Cuándo podré irme?

La impaciencia del fotógrafo se había transformado en miedo. Se tocó el anillo de matrimonio mientras un sudor frío empezó a perlarle la frente. Parecía a punto de sufrir un ataque de pánico. Teníamos que sacarlo de allí rápido.

—Relájese.

La tía Amber agitó la mano y murmuró algo en voz baja.

Los pies del fotógrafo se liberaron de golpe, perdió el equilibrio y cayó al suelo. Miró a su alrededor con nerviosismo antes de ponerse de pie.

—Le llevaremos de regreso a casa en un momento. —La tía Amber se dirigió a Tyler en busca de aprobación—. Tengo que llevarlo a Shady Creek yo misma.

—Tenemos que dejarla ir—dije—. No otro modo de devolverlo sin involucrar a otras personas.

Si alguien más lo viera, también podría alterar sus destinos presentes y futuros.

Probar con un nuevo hechizo para arreglar el problema estaba más allá de mis capacidades, al menos de momento, y de las de la tía Amber también. Gracias a Dios el fotógrafo estaba en Shady Creek y no más lejos.

—Vale, de acuerdo. Que sea rápido y no la vea nadie.

Tyler ya se había copiado las fotos de la tarjeta en portátil. Examinó todas y cada una de ellas, entornando los ojos frente a la pantalla. Dado que las fotos eran de la tía Amber, estaba enfocada su cara y no el fondo, pero el set detrás de ella era claramente visible.

Nuestros esfuerzos para conseguir las fotos ya habían valido la pena. Señalé la pantalla.

—Mira esa ventana al otro lado de la calle. Hay alguien. ¿Se puede ampliar?

Tyler y yo vimos cómo la tía Amber y el fotógrafo se marchaban antes de conectar el monitor grande y proyectar la imagen en la pantalla de la pared.

La imagen estaba granulada, pero definitivamente había alguien en una de las ventanas. Quienquiera que fuera, tenía un ángulo perfecto para disparar a Dirk Diamond. Desde esa distancia era imposible determinar si era un hombre o una mujer.

Sin embargo, una cosa era cierta. La persona misteriosa no era parte del guion. El local llevaba un año cerrado, las ventanas estaban tapiadas con madera contrachapada antes del rodaje de la película. Solo las habían retirado para filmar. No debería haber nadie en ese edificio. No era parte del guion y estaba desocupado y cerrado.

Nos llevó un tiempo adivinar qué parte del guion estaba rodándose a la hora exacta en la que se tomó cada foto, pero poco a poco construimos una línea de tiempo de lo que se desarrollaba en el fondo de las fotografías de la tía Amber. Tyler clicó cada imagen en orden hasta que llegamos al momento justo antes de que Dirk fuera disparado.

Pero en ese momento no había nadie en el edificio. La misteriosa silueta se había desvanecido.

Empezaba a dudar que encontráramos algo. No había cristales

rotos ni puertas o ventanas abiertas. Quizá la figura fuera solo una aparición o un producto de nuestra imaginación.

Entonces lo vi. Salté del asiento y señalé la pantalla.

—Es un hombre. Ahora está en el tejado.

Eso explicaba por qué no aparecía en las imágenes, ya que el tejado quedaba fuera de plano.

Tyler se levantó de un salto.

—¿Has oído alguna vez lo de una imagen vale más que mil palabras? Esta podría valer un millón de dólares.

Solo había un problema. El hombre no tenía ningún arma en la mano. Era obvio que no teníamos todas las fotografías. Esperaba con todas mis fuerzas que el fotógrafo tuviera una segunda tarjeta de memoria.

Teníamos que resolver el rompecabezas antes de que el destino de Tyler fuera sellado.

CAPÍTULO 26

Habían pasado más de tres horas. Era más de medianoche y la tía Amber todavía no había vuelto. Estaba preocupada porque la tía Amber siempre había sido muy rápida conduciendo y Shady Creek estaba tan solo a una hora. Aunque se había visto obligada a conducir para llevar al fotógrafo, podía haber usado la magia para el camino de vuelta.

Sin embargo, todavía no había vuelto.

—Tal vez pueda conseguir la segunda tarjeta de memoria sin que tengamos que traerlo de vuelta. —Estaba bastante segura de que el hechizo no funcionaría una segunda vez—. Intentaré comunicarme con ella.

Su móvil me desvió al buzón de voz. Quería que me llamara, pero mis poderes telepáticos eran patéticos. Estaba bastante desanimada. Incluso consideré pedir ayuda a la tía Pearl y a mamá.

Tyler golpeó su reloj.

—Pronto amanecerá. No creo que Brayden espere más, sobre todo con toda esa gente ahí fuera. Ojalá tuviéramos más respuestas.

Caminó de un lado para otro.

Contuve el aliento.

—Voy a probar el hechizo una vez más. Puede que no lo hiciera bien la primera vez.

—Vale la pena intentarlo —comentó Tyler—. ¿Pero qué estoy diciendo? Supongo que estoy tan desesperado que estoy de acuerdo contigo.

—Vale, allá voy.

Eso hizo que quisiera esforzarme aún más. Respiré hondo y repetí el hechizo de bumerán. Mis poderes eran bastante impredecibles, por lo que no esperaba que funcionara una segunda vez. Pero en aquel momento, podíamos perderlo todo si no hacíamos algo rápido.

Visualicé una pila de fotografías y un montón de tarjetas de memoria cuando repetí el hechizo. Si alguna vez me había entregado a la magia, era esa. No veía cómo podía empeorar las cosas. No era exactamente hacer trampas, ya que iban a conseguir las fotos tarde o temprano. Solo estaba acelerando el proceso.

Me sobresalté cuando algo estalló detrás de mí. El ruido parecía una mezcla entre palomitas y el chisporroteo del fuego, excepto que cada vez se volvía más fuerte y rápido hasta que estalló en un crescendo de sonido.

Una bocanada de humo verde grisáceo nos envolvió. Apenas podía ver a Tyler al otro lado de la mesa.

—Guau. —Tyler tosió mientras el humo se disipaba—. Ha sido espectacular.

—Y también efectivo.

Me miré la palma de la mano y encontré otra tarjeta de memoria y una docena de fotografías. No estaba segura de si había tenido suerte, pero esta vez no había ni fotógrafo ni tía Amber.

La foto superior mostraba a Amber sentada con el set por detrás, como las que habíamos visto en la otra tarjeta. La siguiente foto parecía haber sido tomada segundos después. Parecían ser una secuencia. El marco de tiempo era paralelo a las anteriores, aunque parecían haber sido rechazadas debido a una exposición deficiente, composición u otros motivos. Quizá por eso estaban separadas del primer montón. Todas estas fotos tenían algo mal.

Pero una de ellas era perfecta porque el individuo del techo era claramente visible.

Era un hombre, con el rostro cubierto por una sudadera con capucha y una bufanda sobre la nariz y la boca. No importaba cuánto ampliáramos la fotografía, era imposible descubrir su identidad.

Tyler se inclinó sobre la mesa y entrecerró los ojos ante la imagen.

—Ojalá pudiera reconocerlo, pero no.

Cuando me puse a su lado algo me llamó la atención.

—Mírale la mano. He visto ese anillo antes.

Era un anillo de sello negro. No era capaz de distinguir el grabado, pero me era muy familiar, aunque recordaba dónde lo había visto.

Deseé acordarme con todas mis fuerzas.

Tyler asintió.

—Lástima que no podamos ver más detalles, porque esa persona no tiene ninguna razón para estar ahí. Todos los actores están contados.

Volví a fijarme en la mano al borde de la fotografía, pero seguía siendo un misterio.

—Si no se ha quitado el anillo encontraremos al portador —dijo Tyler—. Podrías comprobar a todos los que se alojan en el hostal, para empezar.

Ese era el lado de bueno de vivir en un pueblo pequeño como Westwick Corners. Había pocos lugares en los que comer o beber. Tarde o temprano todos pasaban por el comedor del hostal o por Embrujo.

Miré la hora. Eran las tres de la mañana, pero teniendo en cuenta los acontecimientos del día, era posible que todavía quedaran algunos clientes.

—Voy enseguida.

—Una cosa más —dijo Tyler deslizando una carpeta sobre la mesa —. Tengo más malas noticias. Steven Scarabelli tenía una póliza de un millón de dólares sobre Dirk Diamond, tal y como dijo Bill. También tenía una para su mujer, Rose Lamont.

—No es tan raro, ¿verdad? Después de todo Rose y Dirk eran las mayores estrellas de Steven Scarabelli. Si algo les pasara, una póliza de seguro evita un desastre financiero. Muchos empresarios lo hacen. De ese modo, Steven siempre podría pagar al reparto y al equipo.

—Eso no va a pasar a corto plazo. El dinero irá primero a los herederos de Steven. Supongo que los actores tendrán que demandar para que les paguen. Hay algo que debes saber, Cen.

—¿Qué?

Nunca sospeché que Tyler me estuviera ocultando algo.

—Tenemos tres muertes si contamos el aneurisma de Rose Lamont.

Jadeé.

—¿Crees que la muerte de Rose podría deberse a otra cosa?

—No lo sé, Cen. Pero la casualidad es sospechosa. Dos cónyuges mueren con una semana de diferencia, y no tienen hijos. Rose solo tenía treinta años. Estadísticamente, es muy poco común.

—Eso es cierto —coincidí—. Rose y Dirk eran grandes estrellas. Me pregunto quién heredará su fortuna.

—Yo también me lo pregunto. —Tyler tocó la carpeta de archivos —. Lo he comprobado y no lo adivinarías ni en un millón de años.

—¿Quién?

—Amber West. Parece que después de todo era gran amiga de Dirk.

Sentí que me iba a desmayar.

—¿Cómo es posible? ¿Dirk y su esposa le dejan su fortuna y aun así Dirk quería que la echaran de la película?

Tyler se encogió de hombros.

—Quizá sea buena amiga pero mala actriz.

—Nunca ha mencionado ninguna herencia.

Puede que, después de todo, no hubiera exagerado sobre su amistad. Pero, hasta el momento de la película, nunca había hablado de Dirk Diamond. Sin embargo, parece ser que eran tan cercanos que la había nombrado beneficiaria de su seguro de vida. Es como si tuviera una vida secreta al margen de la familia.

—Puede que no lo supiera.

—O puede que eso explique por qué tarda tanto en volver. Tal vez haya decidido no regresar después de todo. —Tyler caminaba nerviosamente de un lado para otro—. Sabe que tendrá que responder a muchas preguntas.

—No puede ser. —Fruncí el ceño—. Nunca dejaría atrás a su familia. Además, tiene que cobrar el dinero de verdad, ¿no?

—Sí, pero puede hacerlo por medio de abogados y esas cosas —dijo Tyler—. No la estoy acusando, solo comento lo obvio. Si es cierto, cualquiera puede ver que ha sacado partido de la muerte de Dirk. ¿Cuál era exactamente su relación? ¿Cuánto hacía que se conocían?

Levanté las manos en señal de derrota.

—Ni idea. He descubierto hoy mismo que conocía a algunos. Nunca había hablado de ellos antes, pero parece ser que son amigos de toda la vida. Siempre he sabido que le gustaba ser el centro de atención, pero no tenía ni idea de que quisiera actuar. Ni de que hubiera sido el golpe de suerte de Dirk.

Supuse que en el fondo no conocía a mi tía.

—Puede que Amber no sea tan afortunada —dijo Tyler—. Todavía tiene que vivir lo suficiente para cobrar.

CAPÍTULO 27

Finalmente dejé a Tyler en la sala de interrogatorios después de estar un buen rato esperando a que volviera la tía Amber. Pero a medida que pasaban las horas y no volvía, aumentaba mi preocupación. Si realmente era la heredera de la fortuna de Dirk, su cabeza tenía un precio.

Salí al vestíbulo en la oscuridad y choqué con una fuerza invisible. Con el pecho de un hombre, para ser exactos. Se me aceleró el pulso cuando sus brazos se cerraron a mi alrededor.

—¡Suéltame! —grité tratando de darme la vuelta, pero no sirvió de nada. No podía soltarme.

—¡Tranquila! ¿Por qué reaccionas así? ¡Solo intento evitar que caigas!

Aflojó el agarre y dio un paso atrás. El aliento le olía a alcohol.

Reconocí la voz y el deje ebrio de Rick Mazure.

—¿Cómo has llegado hasta aquí?

Puede que la tía Amber se dejara la puerta abierta al salir rápidamente.

—He convencido al vigilante de seguridad de que me dejara pasar. Tengo que hablar urgentemente con el sheriff Gates. ¿Está aquí? Tengo que decirle una cosa.

Suspiré y me sentí como una idiota.

—¿Se te ha ocurrido otra cosa desde que os habéis reunido antes? ¿Es algo nuevo?

—No exactamente. —Rick bajó la mirada a sus zapatos, visiblemente incómodo—. Tengo un conflicto ante esta situación. Me gusta Steven Scarabelli, pero...

La puerta se abrió. Tyler estaba en el umbral.

—¿Qué has dicho de Scarabelli?

Rick frunció el ceño.

—Es confidencial. ¿No deberíamos hablar en su despacho?

—En realidad, ya me iba. —Tyler metió la llave en la cerradura y la giró—. Puede venir conmigo.

—Pero no creo que... —Rick me miró, inquieto.

—Lo que tengas que decir lo puedes decir delante de Cendrine. Me ayuda con la investigación.

Rick pareció alarmarse y me miró fijamente.

—¿Es algo normal? Es que no es detective ni nada.

—Me es de gran ayuda —dijo Tyler—. La he nombrado mi ayudante.

No había hecho tal cosa, pero sabía que Tyler quería que fuera testigo de las declaraciones de Rick. No solo eso, sino que, si Tyler esperaba hasta la mañana, era posible que Rick cambiara de opinión y no quisiera hablar.

Rick miró a un lado y otro del vestíbulo para asegurarse de que no había nadie más.

—No es ningún secreto que Dirk había hecho un trato con Scarabelli en el que salía ganando. Las demandas constantes de Dirk nos enfadaban a todos. Scarabelli tuvo mucha paciencia con él, pero supongo que llegó a un punto en el que ya no pudo soportarle.

—¿Steven confió en ti?

Sentí náuseas en el estómago. Más pruebas que apuntaban a Steven Scarabelli. En aquel momento Brayden ya debía saber que Tyler lo había liberado. Que su cadáver estuviera en el hostal era una prueba de ello. Liberar a un asesino podía ser su sentencia de muerte, por decirlo de algún modo. Aun con Steven muerto,

Brayden acusaría a Tyler de ser un incompetente o algo peor. Me estremecí.

—No es que Steven me lo dijera exactamente. Quiero decir, no literalmente. —Rick se mordió el labio—. Pero ayer dijo que ya había tenido suficiente y que se aseguraría de que Dirk no participara en ninguna otra película mientras él viviera.

—Hay muchos modos de interpretar eso que no implican una amenaza de muerte —dijo Tyler—. Puede que Steven ya no quisiera trabajar con él. Y no creo que nadie en Hollywood quisiera hacerlo.

Rick rio.

—La gente aguantaría cualquier cosa a cambio de la cantidad necesaria de dinero. Incluso Dirk Diamond no parece tan malo cuando hay millones de por medio.

—¿Estás diciendo que Steven Scarabelli mató a Dirk Diamond?

Steven no me parecía ningún asesino. Prácticamente todos los miembros del reparto y el equipo habían hecho hincapié en lo amable y sincero que era, y en que haría cualquier cosa por ayudar a los demás. Incluso había ayudado a Dirk, a pesar de los abusos que había recibido a cambio.

Rick se encogió de hombros.

—No puedes culparlo, Dirk se lo merecía.

Tyler frunció el ceño.

—¿Tienes pruebas que respalden tus sospechas?

—Escuché a Steven y Amber discutiendo. Amber afirmó que heredaría la fortuna de Dirk y se negaba a compartirla con Steven. Me sorprendió descubrir que Amber era beneficiaria de la herencia de Dirk. Después de pensarlo bien, he llegado a la conclusión de que era algo lo suficientemente importante para mencionarlo —dijo Rick—. Lamento no haber dicho nada antes.

Recordé su anterior conversación. La afirmación de Rick estaba relacionada con el comentario de Tyler. ¿Hubo algo más en la conversación además del despido de la tía Amber?

—¿Qué has oído exactamente?

Tyler anotó algunas cosas en la libreta.

Rick miró furtivamente de un lado a otro del vestíbulo vació.

—¿No podemos... ?

Tyler negó con la cabeza.

—Cuanto antes me lo digas, mejor.

Rick suspiró.

—De acuerdo. Steven se había metido en una encrucijada y estaba desesperado. Tenía problemas con los inversores que respaldaban la película. Cuando Dirk renunció, Steven aún tenía que pagar al equipo, y no tenía nada. Los inversores habían perdido su dinero y no estaban nada contentos. Steven tenía que encontrar un modo de conseguir el dinero rápido.

De repente recordé el anillo. Eché un vistazo a las manos de Dirk, pero tenía los dedos de ambas manos desnudos.

—No sabía si venir porque Steven es amigo mío —dijo Rick—. Pero entonces Steven dijo que iba a matar a Dirk. Al principio no me lo tomé en serio, pero empezó a hacer todo tipo de preguntas sobre las armas que aparecían en la trama y esas cosas. Hasta este momento no he juntado todas las piezas del puzle.

—¿Crees que Steven introdujo un arma cargada?

Tyler entornó los ojos.

—En vista de lo que sucedió, seguro que sí. Sé que Steven estaba desesperado, pero pensé que era todo palabrería. Que simplemente dejaría de hacer películas con Dirk o algo así. Hasta que... bueno, nunca pensé que llegaría a matar a nadie. Supongo que al final Dirk lo obligó a hacerlo.

Me di cuenta de que Steven no podía confirmar ni negar las declaraciones de Rick una vez muerto. Pero todo parecía encajar.

Excepto por el misterioso individuo del tejado, que era claramente mucho más pequeño y delgado que Steven Scarabelli.

—Estás dando cosas por sentadas —dijo Tyler—. Pero lo investigaremos.

—No doy nada por sentado, sheriff Gates. Steven cumplió su amenazan.

—¿Y por qué no has dicho nada antes? —preguntó Tyler.

—No lo sé... quizá pensé que Dirk se lo merecía. La verdad es que era un tipo muy cruel y si alguien merecía acabar así, era él. Le hizo la vida imposible a Steven. Pero nadie merece morir.

—No —dije en voz baja—. No importa lo mal que trate a otras personas.

Nadie merece ser tampoco un chivo expiatorio, sobre todo cuando se está convenientemente muerto.

A veces la vida era muy injusta. Y al parecer, la muerte también.

CAPÍTULO 28

Las antes bulliciosas calles que rodeaban el ayuntamiento estaban ahora oscuras y desiertas, el contraste era impresionante. Tyler había vuelto a su despacho para comprobar la información proporcionada por Rick. Yo iba sola, mis tacones resonaban contra la calle vacía mientras pensaba lo que había dicho Rick. Había olvidado preguntarle si había alguien más cerca que hubiera escuchado la discusión de Steven y Amber.

El tiempo que tardé en llegar al coche que estaba a solo dos manzanas me pareció una eternidad. Había aparcado un poco lejos para que no fuera tan obvio para Brayden que estaba en la comisaría con Tyler. No esperaba que volviera a su despacho a esas horas, pero no podía estar segura. Lo último que quería era hacerlo enfadar. Eso solo empeoraría las cosas para Tyler.

Aceleré el paso cuando vi mi viejo Honda esperando bajo la única farola de la calle, triste y solo.

Dejé caer el bolso en el asiento del pasajero, me senté y encendí el motor. Salí del estacionamiento y pisé el acelerador sabiendo que no me detendrían por exceso de velocidad. Atravesé el pueblo y me alivió ver que los fans de Dirk habían abandonado su puesto por la noche. Subí el camino de la colina hacia el hostal.

Probablemente fuera demasiado tarde, pero quería comprobar las manos de todos mientras todavía estaban en el comedor o en Embrujo. Puede que algunos ya hubieran abandonado el pueblo pensando que la película no iba a continuar. Otros se habrían retirado a sus habitaciones para pasar la noche. Aunque probablemente podría alcanzar a algunos de ellos.

Aparqué el coche y corrí por el camino hacia Embrujo. La música y las voces que se oían desde fuera me indicaron que todavía estaba lleno.

Vi a Arianne en primer lugar. Estaba sentada en la barra junto a Rick Mazure, que habría llegado al bar unos minutos antes que yo. Aceleré el paso y me acerqué a ellos. Me detuve de repente. Algo me dijo que retrocediera.

Saludé con la cabeza a Rick y a Arianne y me senté en un taburete vacio a poca distancia de Rick. Le sonreí a la tía Pearl, que estaba atendiendo la barra. Me devolvió el saludo y se dio la vuelta. Una fracción de segundo después, sin decir palabra, me puso una copa de vino tinto delante. Estaba extrañamente callada cuando se retiró al otro extremo de la barra para servir cervezas a un par de lugareños.

A pesar del alto volumen de la música *country*, sabía que Rick volvía a estar más borracho que una cuba. Pareció despejarse un poco en el ayuntamiento, pero en un cuarto de hora había vuelto a su estado anterior. Tal vez fuera comprensible, ya que de repente se había quedado sin trabajo. O quizá la tía Pearl hubiera vuelto a sus viejos trucos. Puse la oreja para escuchar la conversación.

—¿Qué estaba diciendo? —Rick hablaba arrastrando las palabras, cogió su copa y vació el whisky que quedaba de un trago.

—Me estabas diciendo cómo ibas a convertirme en estrella.

Arianne Duval le dio vueltas a su pajita para remover el cóctel. Sonaba un poco sarcástica, como si no se creyera lo que Rick le estaba contando.

—¿Estrella? Serás la constelación entera. —Le cogió la mano a Arianne—. Tengo una idea para una serie, pero en este momento es *top secret*.

Me pregunté si sería el mismo guion que Rick le había estado enseñando antes a Dirk. Arianne Duval levantó la mano para agitar la bebida.

—¿De qué va?

Le miré atentamente las manos. Aunque llevaba anillos en ambas, eran mucho más delicados que el de la foto. Y eran de oro, no de plata.

Rick se inclinó hacia ella.

—Una chica pasando una mala racha descubierta en una farmacia. Eres perfecta para el papel.

—¿Ambientada en Hollywood? —Arianne no esperó respuesta—. Es coña, ¿verdad? Ya se ha hecho.

—Toda está hecho ya, Arianne. Es una fórmula y sé cómo trabajar con ella. Por eso Dirk tuvo tanto éxito. Mis guiones le hicieron brillar. Te haré famosa a ti también.

—Ya soy famosa. Necesito algo mejor.

—Acércate a mí y te aseguro que pisarás el cemento del paseo de la fama de Hollywood y los fans se apilarán por pisar sobre tus huellas.

Arianne puso los ojos en blanco.

—Creo que lo tienes un poco subido.

—Mira, sé cómo escribir un exitazo. De hecho, ya está escrito. —Rick levantó el vaso para que lo volvieran a llenar—. No tienes nada más entre manos. ¿Lo quieres o no?

Arianne permaneció en silencio durante un instante mientras sorbía su cóctel.

—Quizás.

—Yo no esperaría demasiado si fuera tú. Kim me está buscando más estrellas con talento, tal y como le dije.

—De acuerdo, le echaré una ojeada al guion. —Arianne se terminó el resto de la bebida—. ¿Qué tengo que perder?

—Estás dentro. —Dirk le tendió la mano—. Démonos un apretón.

Arianne se lo dio y Rick se sacó una pila de papeles de la chaqueta y los puso ante ella.

—Este guion es solo para tus ojos. Prométeme que no desvelarás ni una palabra de esto.

Arianne asintió.

—Bien —dijo—. Tendré un contrato redactado para ti por la mañana. Casi puedo imprimir dinero con mis guiones. Todos lamentarán no haberme tomado más en serio.

Tenía el presentimiento de que algunos ya lo hacían.

CAPÍTULO 29

La tía Pearl me llamó la atención con un gesto de mano desde el otro extremo de la barra. Me levanté de mi asiento y me dirigí a ella con la copa de vino en la mano. Me senté en un taburete junto a Kim Antonelli. Ella me miró y yo bajé la mirada hasta sus manos, una de las cuales sujetaba una bebida.

No había anillos.

Kim dejó su copa de margarita en la barra, derramando gotas de líquido verde.

—No es justo. Dirk Diamond era mi único cliente. Monopolizó todo mi tiempo hasta que renuncié a todo lo demás. Ahora se ha ido y me he quedado a cero. Básicamente no tengo trabajo.

Su perorata parecía más un teatro que otra cosa. Pronunciaba las palabras, pero no parecía haber emoción tras ellas.

—Tendrías que haber diversificado. —La tía Pearl le puso un posavasos delante seguido de un vaso de agua fría—. Tener un solo cliente es la receta del desastre.

—Podría meterse en sus propios asuntos —espetó.

Al menos su ira hacia la tía Pearl parecía genuina.

Fruncí el ceño a la tía Pearl antes de girarme hacia Kim.

—¿Quién crees que mató a Dirk?

Kim levantó las manos.

—¿Quién sabe? Todos, y cuando digo todos me refiero a todos, lo odiaban. Incluso su esposa Rose. Quería el divorcio, pero él le prometió que haría que se arrepintiera. Si murió fue porque él la mató.

Jadeé.

—¿Crees que Dirk mató a Rose?

—Sé que lo hizo —dijo Kim—. No quería perder más dinero en un divorcio. Lo dijo tal cual. Dijo que su matrimonio solo acabaría si uno de los dos moría.

Le hice un gesto a la tía Pearl para que le trajera a Kim otra ronda. Tenía que hacer que siguiera hablando.

—Supongo que obtuvo lo que quería. Al menos durante un tiempo.

Recordé que Tyler dijo que la tía Amber era la única heredera.

—¿Dirk tenía testamento?

Kim asintió, pero no dio más detalles.

Me bebí el agua de golpe y el frío me calmó la garganta reseca.

—¿Quién va a heredar?

Kim miró a su alrededor y bajó la voz:

—Yo.

Me atraganté con el agua y la escupí por toda la barra junto al líquido verde. La afirmación de Kim no cuadraba con lo que me había contado Tyler.

—¿Lo heredas todo?

Kim frunció el ceño.

—Es lo que me dijo el abogado de Dirk cuando le llamé. Al parecer, las propiedades de Rose fueron a parar a Dirk, pero cuando él murió, yo heredé todo.

Me sorprendió un poco que Kim ya hubiera llamado a su abogado. Y que el abogado se lo hubiera dicho. Pero tal vez los agentes de Hollywood gestionaban los asuntos personales para grandes estrellas como Dirk.

La tía Pearl llegó con un trapo y limpió el estropicio. Cogió el vaso de Kim y lo reemplazó por una nueva copa de margarita. Kim vació media de un trago.

Tal vez Kim y Dirk tenían una relación más allá de lo profesional.

—Te sorprendería el testamente.

Me parecía extraño que hubiera heredado millones y aun así se preocupara por perder el trabajo.

—Un poco. Pensé que tal vez lo hizo como algo temporal cuando Rose le pidió el divorcio, pero el abogado dijo que no, que Dirk lo había cambiado todo sin consultar. Era típico de Dirk, pero aun así me sorprende que me dejara su fortuna. Sé lo que estás pensando, pero Dirk y yo teníamos una relación estrictamente profesional. Pregunta a los demás. ¿Quién sabe por qué me lo dejó todo a mí? Dirk hacia cosas así todo el tiempo. Yo solo trabajaba para él.

—¿Rose pidió el divorcio?

Si eso era cierto puede que su muerte no fuera accidental. Dirk tenía un importante motivo para matarla. Sin embargo, tanto su muerte como su proceso de divorcio no habían sido reportados en los medios de comunicación. Toda la información me daba vueltas en la cabeza. Alguien, o puede que todos, mentían. Tanto Rick como Tyler creía que Amber era la heredera de Dirk. Pero Kim afirmaba otra cosa. ¿Cuántas veces había cambiado Dirk su testamento?

Dirk probablemente habría contado con la lealtad de Kim por otro motivo. O quizá sabía que podía controlarla. Ningún abogado decente aconsejaría a un cliente un acuerdo así, por lo que, naturalmente, había querido cambiar el testamento en secreto. Nunca habría esperado que muriese durante ese arreglo temporal.

—¿Quién sabía que Dirk había cambiado su testamento? —pregunté.

Kim se encogió de hombros.

—Ni idea. Yo misma no lo sabía. Puede que solo lo supiera Dirk. Era muy reservado sobre ciertas cosas.

Ambas nos sobresaltamos cuando algo se rompió detrás de la barra. Un estante se había derrumbado haciendo caer costosas botellas de licor al suelo.

—¡Ups! —La tía Pearl examinó los daños, pero parecía sospechosamente alegre—. Lo arreglo en un santiamén.

Levanté la mano temiendo que no tramara nada bueno.

—No irás a…

Pero la tía Pearl ya estaba susurrando un hechizo de retroceso.

—Un, dos, tres, que no esté…

Kim no pareció notarlo. No es que importara. Un hechizo de retroceso borraría la memoria reciente de Kim y lo dejaría todo como unos instantes antes. La historia se repetiría a medida que se revivieran los momentos borrados.

Estaba molesta con la tía Pearl porque estaba haciendo verdaderos progresos con Kim. Detestaba tener que interrogarla de nuevo. Era desperdiciar un tiempo valiosísimo y no podíamos permitirnos ningún retraso. Pero empecé de nuevo hasta llegar al mismo punto de la conversación.

—Kim, ¿Dirk y tú teníais algo?

La observé atentamente, buscando matices en su expresión o lenguaje corporal.

—¿Qué? ¡No! ¡Es muy viejo! Sé que es una estrella y todo eso, pero me duplica la edad. Además, nunca le robaría el marido a otra mujer.

La voz de Kim aumentó de volumen. El hechizo de retroceso había rebobinado la historia, pero no había restaurado su sobriedad.

—Pero te ha dejado todo su dinero…

—Ya, eso… —Le quitó importancia con un gesto de mano—. Seguro que no llegará a mí. Seguro que era algo temporal hasta descubrir que hacer a continuación. Tras la muerte de Rose, decidió dar su dinero a la caridad, pero no sabía a qué organización. Así que lo puso a mi nombre hasta elegir una. Habrá discusión, estoy segura.

Aún más información esta segunda vez. Su respuesta había cambiado sutilmente antes y después del hechizo de retroceso de la tía Pearl. Lo que significaba que la primera vez mentía.

—Y si ocurría algo mientras arreglaba las cosas… usted podría heredar millones. —Si de verdad Kim estaba detrás de la muerte de Dirk, había tenido poco tiempo para ejecutarlo—. Si es así, tú lo hiciste.

—¿Me estás acusando de matar a Dirk? No puedo creerlo. —Kim pasó el dedo por el borde de su copa de margarita y se lamió la sal del dedo. Se chupó los labios—. Soy la última persona que habría hecho algo así. Al final, era la única persona en quien confiaba.

—¿Erais amigos?

—Bueno, lo más parecido a amigos, ya que Dirk no tenía ninguno. Soy la única en quien confiaba. Sabía cosas sobre él que incluso su mujer desconocía.

—¿Cómo cuáles?

Fuera lo que fuera para él, no parecía lamentar su marcha. Supuse que la promesa del dinero aliviaba el dolor.

Kim se detuvo durante unos segundos pensando qué decir.

—Dirk planeaba abrir su propia productora, crear sus películas y dejar de trabajar con Steven. Por eso se lo ponía tan difícil y quería dejarlo. Lo retrasó el máximo tiempo posible porque no quería que la película de Steven compitiera contra la película que estaba a punto de hacer su nueva productora.

—Déjame adivinar, ¿otro thriller de acción?

Recordé las sospechas de Rick Mazure sobre Steven Scarabelli. Puede que tuviera algo que ver.

—Sí.

Kim se recostó en el taburete y casi perdió el equilibrio antes de agarrarse a la barra para estabilizarse.

Independientemente de los sentimientos de todos hacia Dirk, su muerte había provocado un deseo universal por emborracharse.

—¿Alguien más sabe lo de la nueva productora de Dirk?

Una vez más, las pruebas apuntaban a Steven, en caso de que estuviera al tanto de la traición de Dirk.

Kim se encogió de hombros.

—Lo dudo. Dirk quería mantenerlo en secreto hasta tenerlo todo listo.

—Una pena que no viviera lo suficiente para llevarlo a cabo —dije—. Puede que le hubiera ido bien.

—No entiendo que tiene qué ver eso con sus muertes.

Kim parecía ofendida. Como heredera de los millones de Dirk, no diría nada que pudiera incriminarla.

—¿Y si alguien lo sabía? —Dudaba que fuera una coincidencia—.

Dirk se va y un gran grupo de gente se queda sin trabajo. Dirk tenía muchos enemigos. Puede que alguien quisiera matarlo. ¿Se te ocurre alguien que pudiera hacerlo?

—No quería decirlo, pero sí que hay alguien. —Kim bajó la voz—. Amber West le había amenazado. Parecía pensar que él le debía favores o algo. Siempre tenía rabietas cuando no conseguía lo que quería. Esa mujer es una carga.

Escondí mi sorpresa lo mejor que pude. Quería que Kim siguiera hablando, pero me dolía oírla culpar a otras personas, sobre todo si se trataba de mi tía. A juzgar por sus comentarios, no tenía ni idea de que era mi tía ni de que era hermana de la tía Pearl.

Esta última se acercó y limpió la barra con un trapo.

—Amber solo está entusiasmada con su trabajo. Tiene mucho talento como actriz.

Le fruncí el ceño a la tía Pearl. Sus exagerados comentarios captarían la atención de Kim.

Kim asintió y se volvió hacia mí.

—Cuanto más lo pienso más segura estoy de que lo hizo Amber. Esa mujer tiene un temperamento alocado. Parece una dulce ancianita, pero en el fondo es muy cruel.

Todos parecían apuntar a la tía Amber, pero era imposible. No tuvo tiempo para matar a Dirk, y parecía sorprendida de verdad cuando descubrimos el cuerpo de Steven en su habitación. No podía ser verdad, pero aun así me preocupaba. Amber había admitido que estaba arriba cuando mataron a Steven.

No recordaba si Kim estaba en el comedor durante la falsa confesión de la tía Amber, pero podía haber estado. O podía haberse enterado por otra persona.

—A ver que me aclare. ¿Crees que Dirk mató a Rose y que Amber mató a Dirk? ¿Por qué razón?

Sobre todo, teniendo en cuenta que era Kim quien se quedaba la herencia, quise añadir.

—¿Quién sabe? Amber es una vieja chiflada. Haría cualquier cosa por conseguir lo que quiere.

—¡Amber no es vieja! —gritó la tía Pearl con el rostro enrojecido.

La tía Pearl era la mayor de las tres hermanas, unos años mayor que Amber. Si Amber era vieja, ella lo era aún más.

Kim frunció el ceño.

—Claro que sí... tendrá por lo menos sesenta. Supongo que hay gente que no se tranquiliza con la edad. ¿Sabías que le tiró una silla a Steven? Era tan cruel con él, y aun así la mantuvo como extra. Ese el tipo de persona que era Steven. Leal hasta la muerte.

¿Como extra?

De repente me di cuenta de Kim había cambiado completamente de tema para centrarse en la tía Amber en vez de en ella misma. También caí en que, si Dirk iba a hacer sus propias películas, ya no necesitaría una agente que le consiguiera los papeles. Puede que Kim estuviera más involucrada de lo que decía.

Y, a pesar de sus acusaciones hacia la tía Amber, había aportado información nueva que, si se verificaba, podría limpiar la imagen de la tía Amber. Pero me temía que la tía Amber libre hiciera más mal que bien.

CAPÍTULO 30

Kim se levantó y cogió el bolso.

—Ya he tenido bastante de este horrible pueblo. Nos vemos por ahí.

Sacó la cartera y dejó unos cuantos billetes sobre la barra.

La tía Pearl, que estaba limpiado cristales rotos al lado, la llamó.

—¡Espera, olvidas algo!

—No, lo tengo todo —respondió Kim.

La tía Pearl señaló un collar.

—Se te habrá caído esto.

Kim volvió sobre sus pasos y cogió la cadena de plata. La estudió durante un instante antes de abrir el cierre y ponerse el colgante.

Me quedé boquiabierta cuando reconocí el collar. En realidad, no era un colgante, era anillo sello de plata colgando de una cadena.

—¿De dónde lo has sacado?

Kim señaló al extremo opuesto de la barra.

—Pregúntale a ese.

Quitó el anillo y lo deslizó al otro lado de la barra.

Rick Mazure se levantó del asiento y corrió hacia el centro de la barra, donde el anillo se detuvo en pie un instante antes de caer. Lo cogió con la mano.

—¿Es tuyo?

Caminé lentamente hacia él mientras le enviaba un mensaje a Tyler. Acababa de empezar a escribir cuando se abrió la puerta del bar.

Tyler entró sin que Rick ni los demás clientes se fijaran en él.

Rick se metió el anillo en el bolsillo.

—Claro que es mío.

—Se parece mucho al anillo de mi novio. Déjame verlo.

Rick no sabía que Tyler era mi novio. Tenía que aguantar hasta que llegara Tyler, así que me inventé una larga historia sobre cómo había comprado el anillo para mi novio y él lo perdió.

—Es mío, ¿vale? ¿Ves la R? Es una prueba.

Tyler se había acercado silenciosamente a nosotros.

—Sí, es una prueba —dije—. Tú mataste a Dirk Diamond y ese anillo lo demuestra. Lo tenemos todo grabado.

—¿Qué? Estás loca —tosió Rick—. ¿Qué pasa en este maldito pueblo? Le dije a Dirk que no tendríamos que haber venido. Todo había sido idea de Steven, influenciado por la loca de Amber.

—Creía que le habías dicho a Dirk justo lo contrario —comenté—. ¿Qué mejor lugar que matarlo que en un diminuto pueblo con un solo policía?

La tía Pearl se estiró y apagó la música. No es que tuviera que hacerlo, porque en aquel momento toda la gente del bar había escuchado la conversación. La mayoría ya se habían levantado de sus asientos y se habían acercado a nosotros con incredulidad.

Miré a Tyler.

El asintió mientras se movía de Rick a la puerta.

—Rick Mazure, queda arrestado por los asesinatos de Dirk Diamond y Steven Scarabelli.

Le leyó a un atónito Rick sus derechos.

—No irás a escucharla, ¿verdad?

Rick maldijo por lo bajo.

Le sonreí.

—Todos estaban enfadados por las ridículas exigencias de Dirk y por el modo en que trataba a la gente —empecé—. Pero tú más que nadie. Dirk te trataba peor que a los demás. Trabajabas como un perro con sus constantes modificaciones de guion y nunca te daba las gracias.

Se encogió de hombros.

—Era un capullo, ¿y? Todos lo sabíamos y Steven nos pagaba bien. ¿Por qué matar a la gallina de los huevos de oro?

—Estabas resentido por los constantes cambios —dijo Tyler—. No te culpo. Mientras todos los demás esperaban sentados los próximos cambios de Dirk en el guion, tú estabas escribiendo furiosamente. Te hacia trabajar hasta agotarte, ¿verdad?

Rick se encogió de hombros.

—Es mi trabajo. Después de todo, Dirk era la estrella del show. Había que mantener a las estrellas contentas.

—Pero todo el mundo tiene un límite, Rick. El tuyo fue cuando trabajaste en un proyecto junto a Dirk. Abrió su propia productora y te contrató para escribir su primer guion. Trabajaste noche y día para llevarlo a cabo además de tu trabajo, pero Dirk acabó rechazándolo.

Rick se sonrojó, pero no respondió.

—Fue la gota que colmó el vaso, ¿verdad? —preguntó Tyler—. Dirk era un ingrato. Te engañó, pero obtuviste tu máxima venganza al escribir la escena de su asesinato.

—No, te equivocas. Yo abrí mi propia productora y estaba pensando irme… —Tyler negó con la cabeza—. Eso se te ocurrió después de matar a Dirk. Pero Steven comenzó a sospechar cuando las armas del atraco se cambiaron de cuchillos a pistolas. Fue entonces cuando empezó a preguntarse qué estaba pasando.

Rick levantó una mano en señal de protesta.

—Steven estaba demasiado ocupado para interesarse por eso. Me pidió que trabajara directamente con Dirk.

Tyler continuó:

—Había otro problema con las pistolas. Steven sabía que todas las balas eran de fogueo. Bill cometía sus fallos, pero Steven había trabajado con él suficiente para saber que nunca tendría un arma cargada en el set.

Bill asintió desde su sitio a pocos metros de distancia. Todos se habían levantado de sus asientos y habían formado un semicírculo a nuestro alrededor.

Rick negó con la cabeza.

—Se supone que Steven aprobaba todas las modificaciones. Conocía los cambios.

—Eso no es lo que pasó —intervine—. Sabías que no lo leería porque confiaba en ti. Steven estaba demasiado ocupado con las firmas de los contratos de todos y no tenía tiempo para comprobar todos los cambios de guion. Lo escuché decirte que siguieras adelante.

Tyler asintió.

—A pesar de que Steven no comprobó las modificaciones, era obvio que cambiar cuchillos por pistolas era un cambio bastante importante. Steven sabía que eso no lo había pedido Dirk. Sus cambios siempre eran para verse mejor, no se preocupaba por algo tan básico como el tipo de arma usado.

—¡No! ¡Estáis del todo equivocados! —protestó Rick—. Dirk pedía todo tipo de cosas y yo tenía que escribirlas.

—Steven te plantó cara, ¿verdad? —Tyler no esperó una respuesta —. Cuando supo lo que habías hecho iba a contarlo. No tuviste más remedio que matarle a él también. Así nadie descubriría que habías matado a Dirk. Fuiste a la habitación de Steven y lo encontraste solo.

Rick se plegó sobre sí mismo y enterró el rostro entre las manos. Sollozaba descontroladamente.

—Steven era mi amigo.

—Pero lo que te ha delatado ha sido tu anillo de sello —expliqué—. Lo llevabas cuando le disparaste a Dirk. Te deshiciste de él porque te daba miedo que tuviera restos de pólvora, así que se lo diste a Kim.

Eso cogió a Rick por sorpresa. No podía negar que era suyo tras reclamarlo en el bar.

Kim palideció y se llevó una mano al pecho.

—¡No!

—Entonces intentaste culpar a un hombre muerto, acusando a Steven por la muerte de Dirk y acusando a Amber de haber matado a Steven. Lástima que tu plan no estuviera tan bien pensado como tus guiones.

Recordé que, por la mañana, cuando había estado cargando los vestidos de la tía Amber vi el anillo de Rick por primera vez, aunque lo había olvidado hasta ese momento.

—Todo cobra sentido —dijo Bill—. Mi pistola perdida, y los cambios ridículos como el caballo y las pistolas. No tuve más elección que dejar los decorados desatendidos. De lo contrario, retrasaría el rodaje de la película. Eso le dio a Rick la oportunidad de robar un arma y cargarla con munición real.

—Cuando Dirk se diera cuenta de los cambios, ya sería demasiado tarde.

Arianne se secó una lágrima de la mejilla.

—Estábamos todos ansiosos por rodar la escena, por lo que era un poco caos. Por eso tuve que coger mi propia pistola de la caja.

Asintió con simpatía hacia Bill.

—Rick volvió a escribir la escena y añadió nuevas armas como método de distracción. —Tyler se sacó las esposas del bolsillo de la chaqueta y se las puso a Rick—. Pensaste que la escena del tiroteo cubriría la bala real que ibas a disparar, pero cometiste un error garrafal. No tuviste en cuenta la trayectoria de la bala. Basándonos en la posición de Dirk, no venía del set, sino del otro lado de la calle.

—Supongo que pensaste que nadie se daría cuenta —dije—. Pero Bill notó que le faltaba una pistola. No podías sustituirla sin ser descubierto, por lo que tuviste que dejarla en la caja grande de decorados.

—¿Por qué lo hiciste, Rick? —preguntó Bill negando con la cabeza —. Teníamos algo muy bueno.

Rick se abalanzó sobre un inestable Bill, incapaz de mantener el equilibrio con las manos esposadas. Tyler se interpuso entre ellos.

—¿Por qué? Porque yo no robo y creo que los ladrones deben pagar. Dirk me robó la idea de una serie nueva que escribí especialmente para él. Prometió hacerme rico, pero cuando le escribí los guiones me los robó y me echó del proyecto. Acababa de firmar un acuerdo televisivo de millones de dólares con la serie que yo había escrito, pero se negaba a pagarme —explicó Rick rojo de ira—. Mis guiones lo convirtieron en estrella, ¿y yo qué gano?

—Seguro que te habría pagado con el tiempo.

Tenía serias dudas sobre ello, pero quería suavizar la situación.

Rick negó con la cabeza.

—No. No solo quitó mi nombre de los créditos, sino que clamó haberla escrito él. No era más que un ladrón, un vulgar delincuente.

—Pero era una gran estrella —dijo la tía Pearl—. No necesitaba tu estúpido guion.

Rick se enfureció.

—Mis estúpidos guiones lo hicieron famoso, para empezar. Sin mí, él no sería nada.

CAPÍTULO 31

Seguí a Tyler con mi Honda mientras llevaba a Dirk a la cárcel.

La única celda estaba ocupada por una atípicamente concienzuda tía Amber. Había vuelto mientras estábamos en Embrujo y por alguna razón se había encerrado en la celda. Agarraba los barrotes con ambas manos mientras maldecía por lo bajo.

—No puedo creer que me haya perdido toda la acción.

Tyler me tendió las llaves y abrí la puerta. Agarré la mano de la tía Amber y la acompañé fuera de la celda para que Tyler pudiera meter a Rick dentro.

—Tú vienes conmigo.

La guie a través de la puerta y salimos de la oficina.

—¿Y ahora qué? —La tía Amber se secó una lágrima—. Todo aquello por lo que he trabajado se ha esfumado. La película no se rodará.

—Fuiste una adición de último minuto —apunté—. No es que hayas invertido mucho en la película. Quiero decir, has usado la magia para aprenderte tus frases.

Se encogió de hombros.

—Solo porque tenga un talento natural no significa que haya sido fácil. Volé desde Londres. Y he tenido que saltarme el postre de Ruby toda la semana para mantener la línea. Tanto sufrimiento para nada.

No podía confirmar que hubiera sufrido, pero eso no me llevaría a ninguna parte. En vez de eso, le puse una mano sobre el brazo.

—Lo siento, tía Amber. ¿Qué puedo hacer para animarte?

Pestañeó y dejó de sollozar.

—Sé que la película no está terminada, ¿pero podemos hacer una fiesta de despedida? No es culpa nuestra que el rodaje no pudiera terminar.

—No lo sé. Parece un poco insensible considerando que Dirk, Rose y Steven han sufrido muertes prematuras.

El forense de Los Ángeles había confirmado que Rose había muerto por un aneurisma cerebral. Dirk no la mató. Nadie lo hizo. Solo fue una horrible y trágica coincidencia que marido y mujer trabajando en la misma película murieran con pocos días de diferencia. Sus problemas matrimoniales parecían ser un móvil, pero sus muertes habían sido el resultado de otros factores.

Al menos una de las misteriosas muertes tenía una explicación natural. No eran buenas noticias, pero eran menos malas.

—Supongo —aceptó con aspecto abatido—. ¿Y si cambiamos el nombre de la película y añadimos nuevas escenas?

—No es buena idea —dije—. Acabas de librarte de una acusación de asesinato. Quizá deberías poner tu carrera de actriz en pausa de momento.

La tía Amber se alegró.

—Tendremos una alfombra roja en la ciudad. Todos los peces gordos de Hollywood estarán invitados a Westwick Corners. Será el evento de la temporada.

—¿Es eso lo que habrían querido Dirk y Steven?

Fruncí el ceño pensando que la tía Pearl podía prender fuego a la Calle Mayor si llegaban más visitantes al pueblo.

La tía Amber se encogió de hombros.

—¿Quién sabe? No están aquí para decírnoslo.

—Tienes razón, no están. Dejemos que decidan sus familias.

—Es que está tan... inacabado. —Suspiró la tía Amber—. Mi oportunidad de ganar un Oscar se ha ido para siempre.

—Siempre serás una estrella para mí.

Puede que exagerara un poco, pero nunca entendí porqué la tía Amber quiso dejar a un lado sus poderes por una carrera de actriz. Ya era una estrella en el mundo de la brujería.

Supuse que incluso una bruja como la tía Amber deseaba cosas que no podía tener, mientras pasaba por alto el hecho de que ya lo tenía todo.

—La fama no es fácil.

—Tienes razón, Cen. Todos los paparazzi, los fans... es mejor ser normal —suspiró—. Volveré a mi ordinaria existencia. Al menos soy una mujer libre.

—Y me has ayudado a conseguir una exclusiva. Fui la última periodista en hablar con Steven Scarabelli. De hecho, ya me han llamado algunos medios hollywoodienses.

Era una mentira para burlarme de ella, pero enseguida me arrepentí de mis palabras.

La tía Amber se alisó el pelo.

—¿De verdad? Diles que me llamen. Tengo cotilleos jugosos para compartir.

Se abrió la puerta del despacho y entraron mamá y la tía Pearl.

—He oído las noticias —dijo mamá abrazando a la tía Amber—. Lamento que hayas perdido el papel.

—Sí, lo siento.

Lo único que la tía Pearl lamentaba era tener que decir "lo siento".

—No pasa nada. De todos modos, no me pagaban bien. Con todo lo que ha pasado creo que puedo aspirar a más.

La tía Amber disfrutaba claramente de su estatus de celebridad.

Tyler salió y me acerqué a él. Le susurré al oído:

—Haz algo para que su liberación sea noticia, ¿vale?

La tía Amber ya estaba en el vestíbulo.

—No te preocupes, Cen. La mitad de la prensa de Hollywood está enfrente del edificio. Han aparecido hace unos minutos cuando he llamado a Brayden para informarle sobre el arresto de Rick Mazure.

Tyler cerró la puerta detrás de nosotros cuando salimos al vestíbulo.

Sonreí.

—Supongo que las buenas noticias viajan rápido.

Tyler rio.

—Nunca pensé que la adulación fuera algo importante para Amber. No tenía que enviarnos pistas falsas para llamar la atención. Quiero decir, puede hechizar a los demás en cualquier momento.

—Cierto —dije—. Pero la tía Amber no sabe que esta gente esta aquí por el arresto de Dirk Mazure y no por su liberación. Por eso esta multitud es tan especial para ella. Es real, no se la ha inventado. Por lo que a ella respecta, no hay nada como ser absuelto de asesinato para atraer la atención.

CAPÍTULO 32

Mamá y yo esperábamos junto a los escalones del ayuntamiento mientras el sol de mediodía nos calentaba los hombros. Estirábamos el cuello para ver más allá de la multitud de medios de comunicación que esperaban a la tía Amber. De repente había alcanzado la fama que tanto había codiciado, aunque de un modo que nunca habría imaginado.

Los eventos del día anterior parecían un recuerdo lejano, aunque al menos una parte de ellos iba a reproducirse.

La tía Amber había insistido en recrear su puesta en libertad ante una conferencia de prensa y, sorprendentemente, Brayden había aceptado. Parecía que el dramatismo de mi tía añadía un toque especial a o que habría sido una aburrida conferencia de prensa. Y, como era de esperar, Brayden se llevaría el mérito de la detención de Rick Mazure y la liberación de mi ahora inocente tía.

Miré hacia los escalones del ayuntamiento, pero no vi señales ni de la tía Amber ni de Tyler. Ahora que tenía el trabajo asegurado aceptaba con humor las idas y venidas de Brayden. Tyler había esquivado la bala. Esperaba poder mantener nuestra suerte para que no hubiera más sorpresas de mi ex prometido.

Todavía no había salido nadie del ayuntamiento para la apresurada rueda de prensa que había organizado el alcalde Brayden Banks. Había furgonetas de los principales medios y reporteros de pie con micrófonos frente a las cámaras. Había casi tantas luces y cámaras como en el rodaje de la película.

A pesar de la luz del sol, las potentes luces de la cámara borraban las sombras matutinas y hacían que la entrada del ayuntamiento brillara más que Times Square en fin de año. Me sentía como si todos formáramos parte de un *reality* de bajo presupuesto y estuviéramos esperando una gran entrada o un giro de los acontecimientos.

Entrecerré los ojos y enfoqué las puertas del ayuntamiento a través de las luces, los equipos de filmación y los reporteros que me bloqueaban la vista. No solo había medios locales. Además de los periodistas de Shady Creek, reconocí al presentador de un conocido programa de entretenimiento de Hollywood. Estaba retocándose el maquillaje y su traje y corbata parecían extrañamente fuera de lugar.

Bajé la vista mi ropa arrugada, sintiéndome sucia y cansada. Las últimas veinticuatro horas habían sido cuanto menos una locura. Pero ya había acabado todo y estaba agradecida por ello. Se habían retirado los cargos hacia la tía Amber, Rick Mazure estaba entre rejas y Tyler mantenía su trabajo. Al menos esperaba que así fuera.

Independientemente de lo que fuera el alcalde Brayden Banks había mostrado una pizca de humildad.

—Ya viene —susurró alguien.

La multitud murmuró y empujó para conseguir un buen sitio. Las puertas del ayuntamiento estaban a punto de abrirse.

Mamá me cogió del brazo.

—Parece que Amber finalmente ha conseguido sus quince minutos de fama. Ojalá no hubiera sido a un coste tan alto.

Asentí.

—No hay nada como ser absuelto de asesinato para que tu nombre aparezca en las noticias. Supongo que toda publicidad es buena.

—Ojalá no hubiera querido ser estrella de cine —dijo mamá—. No habría venido nadie a hacer una película. Puede que nada de esto hubiera ocurrido y Dirk y Steven todavía estarían vivos.

—Yo no estaría tan segura.

Me sobresalté al oír una voz detrás de mí.

—No habría sido muy diferente. —La abuela Vi flotaba frente a nosotras—. Rick habría trabajado con Rick en otro lugar y en otro momento. Y lo habría matado. Tenéis que saber que no se puede cambiar el destino. Solo se cambian los detalles, pero nunca el resultado.

La tía Pearl asintió.

—A veces el karma es muy puto.

De repente se abrieron las puertas del ayuntamiento y vi un destello pelirrojo cuando apareció la tía Amber. Parecía tan pequeña al lado de las enormes puertas. Tenía a un lado al alcalde Brayden Banks y al otro al sheriff Tyler Gates. Se detuvieron encima de las escaleras y se enfrentaron a la multitud.

La tía Amber llevaba un vestido largo de noche blanco y guantes hasta el codo al estilo años 50. Saludó a la multitud como si fuera un miembro de la realeza y giró lentamente de izquierda a derecha.

—Gracias a todos por vuestro apoyo. Por fin soy libre.

Supongo que resoplé demasiado fuerte porque la gente que nos rodeaba se giró hacia nosotras.

—Corta el drama ya —dijo la tía Pearl—. Suficientes emociones por un día.

—¡Sinvergüenza! —gritó la abuela Vi—. Siempre ha querido ser el centro de atención, supongo que es para compensar que es la hermana mediana.

La tía Amber sacó el máximo provecho del foco de atención respondiendo a preguntas de los reporteros y posando para las cámaras. La historia había dado un giro de ciento ochenta grados. Habían sido necesarios dos asesinatos, una confesión falsa y la actuación del alcalde y el sheriff, pero finalmente, la tía Amber había conseguido su momento de gloria.

Sin embargo, no tenía más dinero en el bolsillo. La afirmación de Rick de que Amber era la heredera de la fortuna de la familia Diamond había resultado ser una farsa, una mentira diseñada para dirigir la atención en la dirección equivocada. Había llegado a inventarse una nueva versión del testamento de Dirk para culpar a la tía

Amber. Tyler lo había desenmascarado al hablar con el abogado de Dirk. Que la tía Amber no heredara era lo mejor que podía pasar, ya que esas cantidades de dinero siempre conllevaban problemas.

La figura fantasmal de la abuela Vi se movía de un lado para otro, claramente molesta.

—¿Por qué se lleva Amber todo el mérito? Puede que ella trajera la fama a Westwick Corners, pero yo he salvado el pueblo.

Miré a la tía Pearl para estudiar su reacción, pero había desaparecido.

—¿Cómo dices, abuela?

Era aún más sensible como fantasma de lo que lo había sido en vida. Supongo que ser invisible para todos menos para su familia la había vuelta insegura. Sentía que nadie le hacía caso.

—Yo he resuelto el asesinato de Dirk. —La miré fijamente—. Bueno, te llevé al asesino.

—No, no lo hiciste —contesté—. Me diste alguna pista, pero no me proporcionaste ningún detalle. Tyler y yo resolvimos ambos casos por nuestra cuenta.

—¿Cómo puedes decir eso, Cen? Soy la razón por la que el asesino está entre rejas.

—Cuando me dijiste lo que sabías, ya era demasiado tarde —fruncí el ceño. La abuela había retenido deliberadamente información sobre una investigación de asesinato. Todavía estaba molesta por ello—. Además, me dijiste que eran dos, un hombre y una mujer. Eso no era cierto. Rick era el único asesino.

—No te lo iba a poner tan fácil —replicó la abuela Vi—. Quería poner a prueba tus habilidades de deducción.

—No es ningún juego, abuela.

—No os peleéis —intervino mamá—. Lo importante es que Rick Mazure no le volverá a haber daño a nadie. Estará encerrado por mucho tiempo.

—Vale, puede que hayas colaborado en la resolución del caso, Cen, pero nunca lo habrías descubierto sin mis pistas. —Su aura adquirió un tono morado—. De hecho, debería ser yo quien reciba los elogios y no Amber.

—Estás celosa —dijo mamá—. Además, ¿cómo quieres que te elogien? Eres un fantasma, ¿recuerdas?

La abuela Vi parecía confundida.

—Nadie aparte de nosotras puede verte ni oírte —señalé.

No pareció habernos oído. Se cruzó de brazos.

—Ojalá dejaran de ignorarme todos. Yo no he pedido ser invisible. Me gustaría que Amber me reconociera el mérito.

Nunca había visto a la abuela Vi tan afectada. Como fantasma, no podía llorar, pero su imagen vaciló y se volvió de un pálido color azul.

—Lo siento mucho, abuela. ¿Podemos compensártelo de algún modo?

Su aura se iluminó.

—¿Podemos hacer una cena familiar fuera?

Suspiré. La abuela Vi todavía no había aceptado que era un fantasma.

—Claro, ¿por qué no? Elige un sitio y hago la reserva.

Su propuesta era ridícula porque los fantasmas no podían comer, pero no me apetecía discutir con ella.

Me sobresalté cuando algo explotó a pocos metros de distancia.

Me volví hacia el origen de la explosión justo cuando los fuegos artificiales empezaron a estallar sobre mí. La cacofonía de luz y sonido parecía venir de todas partes.

No me había dado cuenta de que se había ido, pero ella era así.

La tía Pearl nos saludó desde el tejado del ayuntamiento. Reía como una loca mientras chasqueaba los dedos al ritmo de las explosiones. Una cascada de fuegos artificiales multicolor cayó sobre nosotras como si fuera cuatro de julio.

—¡No! —La abuela Vi levantó el puño hacia la tía Pearl—. ¡Para ya, Pearl! ¡Baja de ahí antes de que te hagas daño!

Puse los ojos en blanco. Debería haber sabido que la tía Pearl querría robarle el protagonismo a la tía Amber y que habría fuego de por medio. La rivalidad entre hermanas no conocía límites, y a pesar de que mamá era la más pequeña, a menudo tenía que separarlas.

—¿Ves cómo se hace, Bill? —gritó la tía Pearl desde el tejado—. Tus efectos necesitan más emoción.

Nadie parecía oírla por encima del ruido. Me alegró especialmente que Bill no la escuchara. De otro modo podíamos haber terminado con otro asesinato entre manos.

Eché un vistazo a la multitud. Todos parecían embelesados con el discurso de la tía Amber. Incluso hipnotizados. Sospeché que habría hecho algo de trampa con un poco de magia.

Se detuvo de repente a medio discurso confundida por los fuegos artificiales que no formaban parte de su hechizo. Desde los escalones del ayuntamiento no podía ver a la tía Pearl, así que asumió que los fuegos artificiales eran parte de la celebración.

Reanudó su discurso con la misma rapidez.

—Hoy es un día para celebrar la vida de dos hombres inocentes.

Me di cuenta de que había desconectado mientras la tía Amber seguía hablando sin parar, decidida a ganar la mayor cantidad de tiempo posible.

—¿Cómo he podido acabar con un par de hermanas tan locas? —Mamá negó con la cabeza—. Tienen que relajarse un poco actuar de acuerdo con su edad. Amber está haciendo el ridículo y Pearl está jugando con fuego.

Locas o no, algo bueno había salido de sus travesuras. La tía Amber había traído la industria del cine al pueblo, lo que era bueno para el Hostal Westwick Corners. A pesar de la tragedia, los ejecutivos de Hollywood habían decidido que el espectáculo debía continuar. Y pagarían sus deudas. La productora ya había encontrado nuevos talentos para los papeles protagonistas y el rodaje se reanudaría en dos semanas.

Sin la tía Amber.

Le habíamos comprado un billete a Hawái.

La tía Pearl también había descubierto algo productivo que hacer con su piromanía, y sospechaba que le pediría disculpas a Bill para que la volviera a contratar. Mi tía nunca admitía sus errores, así que estaba muy orgullosa de ella. Al menos estaba intentando empezar de nuevo.

La tía Amber acabó su discurso y le tendió el micrófono a Brayden.

Fue un gesto muy sutil, pero Brayden le palmeó la espalda a Tyler.

—Gracias, sheriff Gates, por el gran trabajo policial y por mantenernos seguros. Gracias a sus labores detectivescas, un despiadado asesino ha acabado esta noche entre rejas. Le estamos todos muy agradecidos.

La abuela Vi también estaba en el centro del escenario. Flotaba sobre los escalones delante de los dos hombres.

Aplaudí y mamá me siguió. A continuación, toda la multitud arrancó en aplausos.

—¡Bravo, señora West!

La abuela Vi sonrió. Su forma transparente adquirió un hermoso brillo dorado cuando las potentes luces se reflejaron en ella. Al menos durante un momento permaneció ajena al hecho de que era invisible y que el aplauso era para la tía Amber.

Amber también lo notó. Le sonrió a su madre y volvió hacia el micrófono.

—Eso es todo.

Bajó lentamente los escalones del ayuntamiento saboreando el momento.

Tyler la seguía unos pasos más atrás y la abuela Vi levitaba entre ellos mientras andaban hacia nosotros.

Mamá suspiró.

—Nunca pensé que la vida real fuera más emocionante que una película de Hollywood. Sobre todo, en Westwick Corners.

Amber susurró acercándose a nosotras:

—No hay nada como el mundo del espectáculo.

—Has estado genial —comenté—. Es una pena que la película no haya salido adelante. Supongo que atraemos la mala suerte.

—No, Cen. Las brujas creamos nuestra propia suerte —dijo guiñándome el ojo.

—¿Qué se supone que significa eso?

—Olvídalo. No quieras saberlo.

—Espero que ahora dejes correr el deseo de actuar, Amber —intervino mamá reprimiendo un bostezo. Las ultimas veinticuatro horas habían sido agotadoras.

—Claro que no, Ruby. Lo mejor está por llegar. —La tía Amber sonrió con la mirada fija en el horizonte—. Seré rica y famosa. Espera y verás.

¿Te ha gustado *Bruja y famosa*?
Lee *Maniobra de evasión*

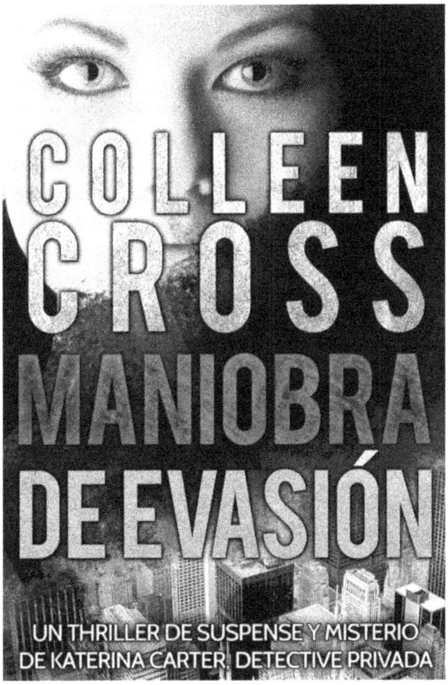

PUEDES CONSEGUIR los demás títulos de la colección y otros libros de Collen en este enlace o en su página web. Regístrate para recibir el boletín de noticias en http://www.colleencross.com

MENSAJE DE LA AUTORA

Si has disfrutado de la lectura de *Bruja y famosa,* te agradecería que dejaras una reseña y que lo recomendaras a tus amigos. ¡El boca a boca es el mejor amigo de los escritores!

Bruja y famosa es el tercer título de la saga *Los misterios de las brujas de Westwick,* y tengo muchos más en mente. Mientras haya lectores que disfruten con mis historias, seguiré escribiendo.

Si quieres ser el primero en enterarte de nuevos lanzamientos y ofertas exclusivas, suscríbete a mi boletín de noticias en www.colleencross.com

También he escrito más sagas de *thriller* y misterio que te podrían gustar. Puedes conseguirlas aquí.

¡Muchísimas gracias por tu lectura!

OTRAS OBRAS DE COLLEEN CROSS

Los misterios de las brujas de Westwick

Caza de brujas

La bruja de la suerte

Bruja y famosa

Brujil Navidad

Serie de suspenses y misterios de Katerina Carter, detective privada

Maniobra de evasión

Teoría del Juego

Fórmula Mortal

Greenwash: Un Engaño Verde

Fraude en rojo

Luna azul

No-Ficción:

Anatomía de un esquema Ponzi: Estafas pasadas y presentes

¡Inscríbete su boletín para estar al tanto de sus nuevos lanzamientos!

http://eepurl.com/c0js9v

www.colleencross.com

Lightning Source UK Ltd.
Milton Keynes UK
UKHW040056190321
380569UK00013B/71

9 781989 268865